문덕수문학상·시문학상 역대 수상자 작품집

영원한 꽃밭

글나무

'문덕수문학상'과 '시문학상'
역대 수상자 작품집 발간에 부쳐

한국문학의 확장과 발전을 도모하고자 제정된 문덕수문학상이 8회, 시문학상이 41회의 연륜을 쌓아 왔습니다.

역대 수상자 한 분 한 분의 문학적 역량과 성과는 우리 문단의 모범적 성과로 평가받고 있으며, 한국문단이 향해야 할 좌표로서 인정받고 있습니다. 이에 (재)심산문학진흥회에서는 역대 수상자의 작품을 한데 모아 단행본으로 발간함으로써, 다시 한번 우리 문학의 노정을 헤아려 보고자 합니다.

2023년 올해는 특히 많은 변화가 있어 오래 기억될 듯합니다. 문덕수 선생님께서 창간한 이래 통권 619호에 이르기까지 단 한 호의 결호도 없이 간행되었던 월간 『시문학』이 지난 2월호를 종간호로 폐간되었습니다. 문덕수 선생님과 평생을 함께 하시며 돌아가시기 직전까지 종간호 편집을 마무리하신 김규화 선생님의 아낌없는 헌신이 고스란히 배접된 채로 말입니다.

다른 누구에게도 부담되지 않게 역사적 자취로 남겨 달라던 유지에 따라 폐간의 절차를 진행하면서 다시 한번 문덕수 선생님과 김규화 선생님 두 분의 치열하고 순수했던 문학적 열의에 고개를 숙이지 않을 수 없습니다.

더욱이 올해는 그간 경남문학의 중심공간 중 하나로 역할을 담당해 온 창신대학교 소재 '문덕수 문학관'이 규모를 확장하고 시설을 크게 개선하여 개방성과 효율성을 높여 명실상부 독자와 함께 하는 문학의 장으로 거듭나게 되었습니다.

재개관의 과정에서 진심으로 물심양면으로 도와주신 모든 분들께 감사의 마음 전합니다.

2023년 10월 6일
재단법인 심산문학진흥회

편집위원 : 문준동(이사장), 김철교, 손해일, 위상진, 이상옥, 이승복

시문학상 수상자 시

문덕수

김규화

대표詩

영원한 꽃밭 외 1편

문덕수

여울에 혼자 다리를 놓는 사람을 보았다.
그리고 석벽(石壁)을 뚫고 있는 사람도 보았다.
지금 손을 잡고 있는 두 사람은
그들인지도 모른다.
그들의 곁으로 수천의 손이 모여든다.
손등에 손을 얹고 그 위에 또 손을 얹고
그것은 하나의 탑이 된다.
마른 나뭇가지에 지푸라기가 걸렸다.
그 곁에 바윗돌 몇 개가 굴러와 멎었다.
어디서 한 마리의 새가 날아오고
흩어졌던 막대기들이 모랫벌에 박히면서
이내 싱싱한 나무로 뿌리를 내렸다.
어디서 또 한떼의 새들이 춤추듯 날아왔다.
깡마른 한 남자가 저리로 간다.
소매를 반쯤 걷어올린 한 여인이 이쪽으로 온다.
외나무다리에서 만난 기적처럼
두 사람은 무엇인가 지껄이고 손짓을 한다.
잘 들으면 물 소리나 바람 소리나 우레 같다.

이내 수천의 남녀가 모여든다.

개미 떼처럼 손에 손을 잡고 어울린다.

그것은 영원한 꽃밭이었다.

꽃과 언어

언어는
꽃잎에 닿자 한 마리 나비가
된다.

언어는
소리와 뜻이 찢긴 깃발처럼
펄럭이다가
쓰러진다.

꽃의 둘레에서
밀물처럼 밀려오는 언어가
불꽃처럼 타다간
꺼져도,

어떤 언어는
꽃잎을 스치자 한 마리 꿀벌이
된다.

지나가기 외1편

김규화

왔다가 가는 데는 걸림이 없기
그림자 가리다가
가는 것 같이
미풍이 살랑이다 그친 것 같이
기대란 철없다, 열정은 쉽게 탄다
시냇물이 냇가의 포플러나무
내려보는 곳에 흐르듯
그렇게 보고 지나가기
참으로, 약속은 않는 준비를 하자
동구밖 나무가 마을 바라보듯이
나뭇가지 새로 바람 지나가듯이
물이 되어 물과 섞어지게 하고
영원 속의 영원이 되어,
참으로, 약속은 않는 준비를 하자
해를 가리고 지나는 구름같이
모양이 없는 몸 속의 마음같이
그냥 내쉬는 숨같이
왔다가 가는 데는 걸림이 없기

실루엣으로

내 몸에서 떨어져나온 내가
아파트 7층 식탁 한 모서리에서 서성거린다
단순하고 희미한 그림자로
오래 전의 내가 한 남자에게 끼니를 차린다
나에게서 떨어져나온 나를
처음 보는 낯선 얼굴로 물끄러미 쳐다본다
남자는 손수건을 흔들다가 재채기를 하다가
남자는 어깨가 구부정하고 머리를 갸웃 하다가
식탁에 마주앉으면 기도하듯이 고개를 숙인다
아파트 창밖으로 구름 그림자가 소리도 없이 지나간다

나는 몰래 말도 소리도 없이 나에게서 빠져나가
내 집에서 사무실까지 남자를 이끌고
성큼성큼 어슬렁어슬렁 구름이 땅을 어루만지듯
아침 10시면 걸어서 가고
고개 들고 고개 들고, 또 다시 내리면 고개 들고, 다그치
면서
앞에 바짝 서서 두 어깨를 펴보이면
남자는 계속 손수건을 흔들다가 피타고라스처럼 기침을
하고
내가 나를 조금 떨어져서 넌지시 본다

14

마포나루에서 한강이 열리는
반짝반짝 윤슬의 아침이다

문덕수
문학상

수상자

詩

신규호

논어를 읽으면서 외4편

떨어져 쏟아지는

천길 폭포 밑에 알몸으로 서서

물매를 맞는다

이천 수백 년이란 시간도

하루 밤 자고 난 다음의

눈부신 아침 같은 것

이천 수백 년이

일순의 폭포로 쏟아지고 있다는 것은

말(言語)속에 알몸으로 서면

알 수 있는 것이지만

신규호(1938~2021)

서울 출생, 동국대 국문학과 단국대대학원(문학박사)
성결대학교 국문학과 교수 대학원장 부총장 역임
《현대문학》 박목월 추천으로 등단(1962~1972)
한국현대시인협회 이사장 역임
시집 : 『허허실실』, 『입추이후』, 『맨발의 사람』, 『보랏빛 마음』, 『빈 항아리』 등
저서 : 『한국현대시연구』, 『한국기독교시가연구』 등
수상 : 제1회 문덕수문학상, 동국문학상, 청록상 등

화장실에 쭈그리고 앉아 있거나
만원 전철을 타고 조을 적에는
한없이 뻗어 딜컹거리는 철길로만
보이던 것 아니던가
날아오는 야구공도 정면을 때려야
홈런이 되듯이
쏟아지는 말 하나하나가
태산만큼 커지도록 눈을 부릅뜨고 보아야
비로소 이천 수백 년의 폭포는 살아 쏟아져
알몸을 때리는 물매가 된다

사이(間)·2

비밀 기지 우주 센터에 갈매기 떼가 모여 허공을 맴돈다
호기심 가득 끼룩 끼룩대며 머리를 갸웃거리며 굽어보며
인사한다 아니 재촉한다 어서 날아오르라고 날개를 타면
우주까지 실어다 준다고 애쓸 것 없이 저들을 닮으라고 지
상 일천 킬로나 일백 미터나 그게 그거라고 끼룩거린다 달
에서 보면 지구까지 거리가 멀고 지구에서 보면 달까지 거
리가 멀 뿐이라고 자꾸 끼룩 끼룩거린다 달과 지구 사이 무
엇이 가득 차 있는가 아무 것도 없는가 다만 '사이'가 존재
할 뿐이라며 떠나지 않고 끼룩 끼룩거린다

나무와 나무 사이

팔을 길게 뻗어본다
한 치의 거리를 좁힐 수 없어
손끝이 바르르 떤다

맞은편에서 뻗은
다른 손끝도
떨고 있다

한 그루 나무는
한 그루 나무의 허공을
벗어날 수 없어

다만 흔들리면서
머리카락 풀어헤쳐
혼자 춤출 뿐

사나운 바람이 불어
부딪히고 뒤엉켜도
무너지지 않는 허공을 끌어안고

까치발로 서서

하늘을 휘젓는 몸짓이
간절하다 하여도

나무와 나무
한 발짝도 못 내딛는
뿌리를 안고 운다

머리 위 푸른 하늘로
이름 모를 새 한 마리
아득히 날아가는데

시간은 흐르다가

시간은 흐르다가 얼어붙으면
깨어진 크리스탈처럼 날카로워지고
때로는 모가 나서 마음을 찔러대지

햇빛에 반짝이는
광물이 된 시간은 토막내서
언어의 곳간에 쌓아 시의 집을 만들지

시간은 흐르다가 광물이 되고
징그런 웃음을 흘리는 칼날이 되지
그늘 속에 숨어있다 상처를 내고

그렇지
상처는 소리 없는 절규가 되어
험한 산맥을 넘어 하늘에 가 닿지

양생법(養生法)

설악산 묏부리 바위 끝에
혼자 앉은 마음으로
늘 그렇게 살아갈 일이다

책갈피 뒤적이듯
마음 속이나 살피면서
나뭇잎 재껴보는 푸른 바람으로
살 일이다

욕망 하나하나
바둑알 놓듯
집 지어 들여앉혀 잠재워 가면서

가슴 속
사나운 수리매 한 마리 길들이며
살아갈 일이다

제1회 문덕수문학상 심사기

'문덕수문학상'은 재단법인 심산문학진흥회에서 문덕수 시인의 문학적 업적을 기리기 위해 한국 시문학의 발전에 기여한 분께 드리는 문학상이다.

제1회 '문덕수문학상' 심사위원들은 예선을 거친 작품을 두고 논의한 끝에 심사위원 전원 합의로, 신규호(申奎浩) 시인의 시집 『거대한 우울』을 제1회 '문덕수문학상' 수상작품으로 결정하였다.

신 시인은 1966년 『현대문학』으로 등단한 이래 성결대 교수, 부총장, 한국현대시인협회 이사장, 한국시문학아카데미 학장을 역임했고, 한국 좋은시 공연문학회 창립회장, 현재 성결대 명예교수로 활동하고 있는 중진 시인이다.

신 시인은 초기부터 "형이상학적 시론이나 신비평에 매료되어"(「나의 시 쓰기」에서) 의미시, 관념시, 즉물시 일변도의 우리 시에 컨시트, 패러독스, 아이러니 등으로 압축된 생략, 밀도 있는 이미지로 우리 시에 새옷을 입힌 시인이다. 이번 수상작품에서도 정서 유발적인 표현보다 분석적으로 접근한 기상의 기법, 역설의 구조 속에서 얻어진 시적 성취도는, 신 시인의 시에 한층 더 깊이와 성숙미를 돋보이게 한다. 이 점에 우리는 주목하였다.

특히 이 상을 만든 문덕수 시인은 초기부터 일관되게 모더니즘 시, 시론, 문학평론으로 우리의 시사(詩史)를 갱신하였다. 그와 궤도를 같이 한 신 시인의 제1회 '문덕수문학상' 수상은, 물이 흐르는 것처럼 순리를 따른 것 같아 매우 기쁘다. 그것은 '문덕수문학상'이 우리 문단의 권위 있는 문학상으로 첫걸음을 내디뎠기 때문이다.

　수상을 진심으로 축하한다.

　　심사위원　함동선(위원장)·이성교·허영자·문효치·이승하

박이도

데자뷔 외 4편

"이미 있던 것이 후에 다시 있겠고
이미 한 일이 후에 다시 한지라
해 아래 새것이 없느니라[1]
　　　(기억하고 상상하는 것들의 대상과
　　　　나의 경험 세계를 복원하는 시간은
　　　　"짧고도 길다")

"빛은 실로 아름다운 것이라
눈으로 해를 보는 것이 즐거운 일이로다"[2]
　　　(빛은 사라지나 마음속의 빛은 영원하다)

"눈으로 보는 것이 심령의 공상보다 나으나

박이도

《자유신문》(1959),《한국일보》신춘문예로 등단(1962)
시집 : 『回想의 숲』(1969), 『있는 듯 없는 듯』(2020) 등
시선집 : 『빛의 形象』(1985), 『純潔을 위하여』(1988), 『누룩』(2018),
『가벼운 걸음』(2019), 『地上의 언어』 등

이것도 헛되어 바람을 잡으려는 것이로다"[3]

　　("나는 의심한다 그러므로 나는 생각한다. 고로

　　나는 존재한다"[4]는

　　그 존재의 영혼은 지금 어디로 나들이 갔을까?)

"거울 앞에 서서

낯선 얼굴을 마주한다

이게 누구더라?"[5]

　　(어제의 내가 오늘의 나일 수는 없다. 의식과

　　망각의 세월 속에 "너 자신을 알라"는 신의 경고)

1) 구약, 전도서1:3~9
2) 전도서 611:7
3) 전도서 6:9
4) 르네 데카르트의 명제; 코기토 에르고 숨
5) 필자의 시 「이게 누구더라?」에서

* 시집 『데자뷔』에서

죽음을 기억하라

아침 6시
우리 두 내외는 일상의 아침 식탁에 마주 앉았다
내 접시엔

식빵 두 조각
삶은 고구마 한 개
토마토 한 개가 놓였다
그리고 채소 한 접시는 우리 내외가 나누어 먹을 것

내가 식기도를 마치자 전화벨이 울렸다
수화기로 전해오는 부음(訃音)이 바람결에 스치듯 희미하다
머리가 멍멍히 멘붕상태가 되다

오늘 아침 나의 식탁엔
아주 특별한 기별, 가형(家兄)의
"죽음을 기억하라"는 낯선 목소리가 배달되었다.
(2013년 2월 23일 아침)

* 시집 『데자뷔』에서

어떤 표정

한 여인에게 미소를 지었더니
"당신은 누구신데...."

다시 미소만 지으니
"내가 누구인 줄 알고...."

나는 깊은 시름에 빠졌다
그녀에게 미소를 지은 나는
과연 누구인지.

＊시집 『빛과 그늘』에서

얼굴
— 음악 속의 표정

1950년대말
전쟁의 상채기는
거리거리에 폐허로 남아,
이른 아침 두부 장수의
딸랑이 소리와
저녁 거리를 뛰어가는
신문팔이 소년의
볼멘 소리가
서울의 인상이었던가

고전 음악이 흐르는
빈 공회당 안에
한 소년이 팔짱을 낀 채
지긋이 눈을 감고,
창백한 얼굴엔 작은 경련이
경련이 일어나고 있었네

텅 빈 홀 안엔 비음(秘音)의 선율이 감돌고
소년의 표정은 정지된 채
온 세계를 얼굴 가득 포용하는
자유, 침묵의 황홀함을 보았네

그날의 얼굴 표정 하나,
엄청난 음악의 세계가
내 곁에 있었음을 깨달았네
그리움으로 떠오르는 얼굴
그는 누구였을까.

＊시집 『빛과 그늘』에서

병상의 아침

병상의 아침, 창밖에 눈발이 날립니다
병상에 누워 바라보는 바깥세상
한 순간, 첫 눈이구나 첫 눈이구나
마음은 설레고 육신의 고통은 사라져
창 밖에 날리는 눈송이를 따라
나는 춤추는 인형
스스로 창턱에 올라서서
눈에 보이는 세상, 이 계절의 풍경 앞에
희열의 눈물이 흐릅니다
아— 아직 내가 살아 있었구나.

* 시집 『있는 듯 없는 듯』에서

제2회 문덕수문학상 심사기

'문덕수문학상'은 재단법인 '심산문학진흥회'에서 문덕수 시인의 문학적 업적을 기리기 위해 한국 시문학 발전에 크게 기여한 문인께 드리는 문학상이다. 작년에 이어 올해 2회째를 맞이하는 '문덕수문학상' 수상작으로 박이도 시인의 시집 『데자뷔(Deja vu)』를 결정하였다. 먼저 박이도 시인께 시집을 펴내기까지 감당한 창작의 노고와 치열한 열정에 심사위원 모두의 이름으로 위로와 경의의 뜻을 전해 드린다.

박이도 시인은 1959년 『자유신문』 신춘문예에 이어 1962년 『한국일보』 신춘문예에 당선되어 시단에 등단한 이후 평생 시작 활동을 해 왔다. 경희대학교 교수로 재직하다 정년을 맞기까지 시론을 연구하고 후학을 기르며 대상 시집 이외에 6권의 시집과 『박이도 문학전집』을 펴낸 바 있다. 오랫동안 전후 한국시단의 중추적 역할을 해 온 박이도 시인께 늦게나마 수상의 영예를 안겨 드릴 수 있으니 '심산문학진흥회'의 행운이자 한국시단의 경사가 아닐 수 없다.

수상 대상 시집의 제목이 된 『데자뷔(Deja vu)』는 프랑스어로서 '기시감(既視感)'을 의미한다. 그런데 박 시인은 '데자뷔 현상'을 "내가 모르는 나, 무의식 속의 또 다른 '나'인 도플갱어(Doppelganger)의 '너'가 '시 속의 나'와 함께 상상의 시공을 부유한 것"이라고 시집 서문에서 규정하고 있다. 그리고 이 시집의 시들을 통하여 "과거와 미래를 실존현상의 장으로 이끌어내 무시간대의 언어 축제를 벌인 것"이라고 덧붙인다. 이처럼 시인은 무의식적 환상으로 순차적 시간의 단위인 과거 미래의 벽을 허물고 자유롭게 넘나들며 순간의 점 위에 이미지들을 비약적으로 배열하여 시적 이데아를 구축하고 있다. 그것은 곧 시인의 말대로 "죽음의 세계와 마주선 생에 관한 성찰"이요 인간 존재의 본래적 전체성을 탐색하기 위한 실존적 노력이라고 본다. 뿐만 아니라 이 시집에서 시인은 기표의 미끄러짐을 통하여 내면세계의 깊이를 탐색하기도 하고 긍정적인 인간미를 보여 주고 있다.

이러한 박 시인의 시적 관점과 그것을 실천한 시들은 내면세계의 무의식을 드러내려는 초현실주의를 포함한 모더니즘 경향의 시와 평론을 일관되게 발표한 문덕수 시인의 문학적 여정과도 많은 유사성을 갖고 있으니 더 의미가 있다. 아무튼 깊은 예술성과 진정성을 함께 갖춘 시집 『데자뷔』를 낸 박이도 시인께 거듭 축하를 드리며 빛을 더해가길 빈다.

심사위원 함동선(위원장), 신규호, 허영자, 문효치, 김석환

고창수

한국마을 정원에서 외4편

가을 한동안

정원의 은행나무는 공작이 날개를 펴듯

찬란한 황금빛 가지들을 펼치고 있었다

어느 날,

점잖던 정원사는 은행나무의 중심부 큰 가지에 올라서서

나무를 굴러대고 있었다. 햇볕을 등지고 역광의 정원사는

엄숙한 검은 마법사와도 같이

지구의 중심에론 듯

은행잎을 마구 떨어뜨렸다

그날 정원사는 이상한 미소를 머금고 있었다

그 이후로

| 고창수

《시문학》으로 등단(1965)
1965년 성균관대학교 영문과 석사 및 박사
1965년-1996년 외무부 본부, 주이디오피아대사, 주시애틀총영사,
주파키스탄대사 등 역임
시집 : 『파편 줍는 노래』, 『사물들, 그 눈과 귀』, 『고창수 외국어 번역 시집』

내가 음악을 듣고 있거나

거리를 걷고 있거나

검은 은행 잎은

내 존재의 어두운 심연으로

끝없이 떨어져 갔다

온 가을 검은 가지는 내 의식에

거미줄같이 퍼져 있었다. 은행나무에는

전쟁에 탄 양철조각 같은 나뭇잎 몇 개와

검은 가지가 하늘을 배경으로 시들어 흔들렸다

보이지 않는 바람결에

나무는 황량한 몸짓으로 나를 울렸다

몇 마리 까치도 서글픈 듯

언제라도 떠나갈 몸짓으로 가지에 앉곤 하였다

겨울 바람이 불고 눈이 내렸다 눈의 리듬으로 풍경은 변하고

검은 가지의 나무는 은근히 춤을 추고 있었다

이윽고,

앙상하던 나뭇가지에는 황금빛 찬란한 은행잎이

가득히 빛나고 있었다

정원사는 어디 갔는지 보이지 않았다

당신이 촛불을 켜면

당신이 촛불을 켜면 내 마음이 밝아져요
온 지구가 밝아져요 수억 개 내 세포가 눈을 떠요
당신이 나를 부르면 온 지구가 귀 기울여요
수억 개 내 세포가 귀를 쫑긋해요
당신은 나의 친구 당신은 나의 우주

당신이 촛불을 켜면 온 세상이 밝아져요
온 지구가 기를 펴고 내 우주에 금강초롱이 켜져요
당신이 나를 부르면 산과 들이 수런거려요
내 안의 슬픔이 기쁨으로 바뀌어요
당신은 나의 희망 당신은 나의 구원

무더위 시론(詩論)

방이 온통 찜통이던 복더위 속
며칠씩 고장 났던 냉방기를
얼굴은 험상궂으나 마음씨 착한
어느 수리공이 와서
확 틔어주었다
동서의 뭇사람이 한 매듭씩
꼬아 놓은 시론의 매듭을
확 틔어준 기분이었다
무더위와 시론에 시달린 당신
떠나라, 하는
기분이었다

우주여행

새벽에 잠에서 깨어
다시 잠이 오지 않을 때 나는 우주여행을 떠난다
별 하나 나 하나 불러보듯
어느 별 하나를 골라서
나는 내 몸의 우주선을 타고
그 별로 날아간다
우주선의 속도에 몸을 맡기고
날아가는 동안
이 세상을 떠나간 그리운 사람들을
손을 흔들며 스쳐 지나간다
어느새 나는 잠이 들고
목적지에 가기도 전에
잠에서 깬다
땅에 착실히 붙어 있는
육중한 내 몸으로 돌아온다.

시간
―미란타왕문경을 읽으며

참말로 사람은 시간을 깨닫지 못한다.
시간을 견디지 못한다.
시간은 사람에게 들리거나 보이지 않는다.

사람은 시간이
이명(耳鳴)처럼 귀청을 울려주거나
낯익은 사람처럼
어깨에 손을 얹어주기를 바란다.

시간은 고통처럼
기척도 없이 사람 주위를 서성거리다가
사람의 얼굴에, 살과 뼈에
엄청난 상처를 내기도 한다.
사람의 살과 뼈에서
고통을 떼어낼 수 없듯
시간을 떼어낼 수 없다.

사람은 찰나의 프리즘으로
영겁을 보기를 바라나
찰나와 영겁의 불연속을 견디지 못한다.

찰나와 찰나 사이의 틈은
사람의 집착으로 빈틈없이 메우지만,
어린 노루 한 마리 천적에 쫓겨
하늘로 뛰어오를 때
찰나는 영겁만큼
넓고 깊은 입을 벌린다.

그러나, 사람은
삶과 죽음이 서로를 비쳐주듯
찰나와 영겁이 서로를 비쳐주고,
찰나가 영겁 속에서 빛나듯
영겁이 찰나 속에서 빛나기를 바란다.

제3회 문덕수문학상 심사기

심산 문덕수 시인의 문학적 업적을 기리는 '문덕수문학상'이 올해로 3회가 되었다. 문덕수 시인은 한국 현대문학에 있어 모더니즘 시의 창작과 이론을 아울러 선구적 역할로 크게 기여했고, 또 그와 같은 모더니즘 영역의 심화와 확산이 후대의 문학으로 이어지는 기반을 닦았다. 이를테면 문덕수라는 이름 없이 이 문학적 계보는 형성되기 어려웠을 것이다.

우리가 살아온 시대 및 사회의 특성에 비추어 볼 때, 리얼리즘 문학이 흥왕할 수밖에 없었던 문학적 환경 가운데 문덕수의 시와 논리가 있었기에 모더니즘 문학이 공여하는 균형성을 확보할 수 있었던 터이다. 그런 점에서 이 상은 단순히 이름 잇는 문인의 성가(聲價)에 기대어 있기보다 문학사적 가치에 더 무게 중심이 있으며, 그러기에 이제 세 번째에 이른 이 상의 의의가 크다 할 것이다.

이번 심사에서 예심을 통과하여 본심에 올라온 시집은 모두 다섯 권이었는데, 심사위원들은 이 시집들을 공들여 읽고 오랜 논의 끝에 고창수 시집 『사물들, 그 눈과 귀』를 만장일치로 수상작으로 선정하였다. 수상자 고창수 시인은 시인으로서는 보기 드물게 외무부 공직과 해외 주재 대사를 역임한 경력이 있으며, 이 여러 체험적 자원을 시작(詩作)으로 이끌어 "형이상학적 속삭임의 낭랑한 음악"을 들려준다.

초기 시의 강한 모더니즘적 색채에서 출발하여 시와 인접예술의 상관성에 관해서도 관심을 기울인 폭이 넓은 시인이다. 이와 같은 시적 성향은, '문덕수문학상' 수상의 적합성을 현저히 높여주는 측면이 있다. 그런가 하면 시적 대상의 내면에 숨어 있는 미묘한 움직임을 감각하고, 이를 새로운 표현의 방식으로 도출하는 모더니즘 시의 기량을 보여준다. 상을 받을 만한 시인이 수상자가 된 경우다.

심사위원 함동선(위원장), 박이도, 이향아, 신규호, 김종회

문덕수문학상 제4회(2018) 수상자

홍신선

합덕 장길에서 외4편

아침나절 읍내버스에 어김없이 장짐을 올려주곤 했다
차안으로 하루같이 그가 올려준 짐들은
보따리 보따리 어떤 세월들이었나
저자에 내다팔 채소와 곡식 등속의 낡은 보퉁이들을
외팔로 거뿐거뿐 들어 올리는
그의 또 다른 팔 없는 빈 소매는 헐렁한 6.25였다
그 시절 앞이 안 보이던 것은 뒤에 선 절량(絶糧) 탓일까
버스가 출발하면
뒤에 남은 그의 숱 듬성한 뒷머리가 희끗거렸다

홍신선

월간 《시문학》 시 추천(1965)
시집 : 『서벽당집』, 『겨울섬』, 『우리이웃사람들』, 『내사 고향에서』,
『황사바람 속에서』, 『자화상을 위하여』, 『우연을 점 찍다』, 『삶의 옹이』,
『직박구리의 봄노래』
연작시집 : 『마음경』 등 다수
수상 : 현대문학상, 불교문학상, 한국시협상, 김달진문학상, 김삿갓문학상,
노작문학상, 문덕수문학상 등

그 사내가 얼마 전부터 보이지 않는다
깨빡치 듯 생활 밑바닥을 통째 뒤집어엎었는지
아니면 생활이 앞니 빠지듯 불쑥 뽑혀 나갔는지
늙은 아낙과 대처로 간 자식들 올려놓기를
그만 이제 내려놓았는지
아침 녘 버스가 그냥 지나친 휑한 정류장엔
차에 올리지 못한
보따리처럼 그가 없는 세상이 멍하니 버려져 있다

읍내 쪽 그동안 그는 거기 가 올려놓았나
극지방 유빙(流氷)들처럼 드문드문 깨진 구름장들 틈새에
웬 장짐들로
푸른 하늘이 무진장 얹혀있다

단비(斷臂)

그만해라 그만하면 됐다 함부로 나대지 말고 그만해라

내리는 함박눈이 호두나무 고목의 어깨를 찍어 누르듯 어루만지고 품안에 가로 세로 두서없이 누운 논밭들을 더 깊숙이 안아 뉘는 소리. 내리는 솜눈들이 매무새 사납게 풀어헤치고 나대던 언덕 뒤 억새들도 제 자리 붙들어 앉히는 소리. 궁둥짝 들썩이던 온세상 뭇 것들 그렇게 제 자신 내면으로 내려가 앉는데 뜨끈한 방아랫목처럼 들앉아 혼자서 여럿이서 끼리끼리 귀 열고 수군대는 소리. 거기 대란 대치의 식식대며 들끓던 내 젊은 날 피도, 그만해라 참아라 아프기만 한 내 뉘우침도 다독여 주저앉히는 소리. 허공과 면벽한 애소나무들 누구처럼 제 팔뚝 끊어내는지 눈발 선 산속 가득한 신음소리. 즉설법문인가. 내 마음속 소리죽여 듣는 함박눈 소리.

그만해라 그만하면 됐지. 함부로 나대지 말고 그만해라

* 단비; 달마에게 법을 구한 慧可의 일. 스승에게 자기 팔을 끊어 단호한 결심을 나타냈다.

47

싸락눈 치는 날

싸락눈이 친다. 눈 털고 선
동구(洞口) 밖 떡갈나무가
목이 꽉 잠긴 쉰 소리를 싸락싸락 내뱉는다.

얼얼한 지 뺨을 감싸 쥔 그 나무엔
뜻 모를 회한과 막막함에
영상 깨끗이 삭제된 티브이 화면 같은 게 멀리 걸렸다.

싸락눈들이 찍는 수수천만 점과 점들 자오록이 붐비는
속에
개 짖는 소리도 인가(人家)도
여백의 새 떼들도 속절없이 지워진
이 마을은 적막한 한 폭 관념 산수화인데

시마(詩魔)에 들린 듯 뼈 앙상한
나의 시는 거기 제 발치에 비로소 둥그런 귀명창 자리를
편다.

떡갈나무가 잔기침 다 뱉고 나면
이내 눈발은 굵어지리라.

가을비

누가 가을비는 소리만 온다고 했나.

비는 꼬리를 올려 세우고 고목이 다 된 호두나무를 기어
오르거나 순간 허공의 거죽을 타고 주르룩 미끄러져 내린다.
　오늘 저 숱한 새끼 얼룩 고양이들 발소리 죽여 이 나라
전역에 흩어져 달아난다.

찬바람머리 가을비는 소리도 없이 고양이 걸음으로 온다.

직박구리의 봄노래

휘거나 굽은 나무를 보면 거기 뭔가 그동안 얹혀 있었구나 싶다. 텃새일까? 세월일까? 마침 날아든 직박구리가 제 목청에서 몇 말들이 쌀푸대 마구리를 연다. 절량(絶糧)의 시절도 아닌데 웬 쌀을 풀어먹일 참인지. 이밥꽃이 흰 쌀을 고봉으로 챙겨간다. 겨우내 손발 다 닳은 단풍나무가 욕심껏 쓸어 담아간다. 이미 쌀 씻어 밥솥에 갈급하게 안친 미루나무에선 밥내가 돈다. 그러면 저 새가 쫘르르 쫘르르 사방으로 퍼 내주는 게 정녕 입쌀일까. 아니지. 굽거나 휠 정도로 때로는 몇 말들이 허기를 때로는 풍찬노숙을 얹고 사는 이 동네 나무들. 지금도 새가 와 그 자리 노숙 중인 허공을 끌어내리고 좀 더 높이 노래를 얹고 있다. 구휼미처럼 풀어내는 저 악곡을 인근 푸나무들은 제 양껏 받아간다. 수금(竪琴)으로 뭇 짐승과 푸새를 다스린 오르페우스인가 그렇게 이 봄날 휘거나 굽은 나무들이 체관부 속의 간겨울 극한 허기를 진휼한다.

으흐흐 지가 무슨 오르페우스라고 신새벽부터 날아온 직박구리야.

제4회 문덕수문학상 심사기

　지난 1955년에 등단하여 오늘날까지 여일하게 한국의 대표 시인으로 창작 활동을 해 오셨을 뿐만 아니라 1971년부터 시전문지 『시문학』 발간에 중추적인 역할을 계속해 오신 것만으로도, 심산 문덕수 선생께서는 우리 문학계의 보배와 같은 존재다. 여기에다 국문학 학자이자 교육자로서, 문화예술진흥원 원장과 국제펜클럽 한국본부 회장으로서 우리 문학의 발전을 위해 해 오신 역할을 보태면, 가히 선생께서는 우리 문학계의 보배일 뿐만 아니라 보배보다 더 소중한 존재가 아닐 수 없다. 그런 선생의 업적을 기리기 위한 문학상이 제정되어, 2015년 제1회 수상자를 내고 올해 들어 제4회 수상자를 선정하게 되었다.

　지난 10월 22일 오전에 심사위원들은 시문학사 사무실에 모여, 심산문학진흥회의 운영위원회가 추천한 다섯 분 후보의 최근 5년 내 출간 저서들을 대상으로 하여 심사에 임했다. 수상 후보들의 저서를 놓고 심사위원들은 각각 자신의 의견을 제시한 뒤에 논의를 이어갔다. 논의의 초점 가운데 하나는 『시문학』 출신의 후보를 어떻게 처리할 것인가의 문제였다. 적어도 제5회까지는 『시문학』 출신의 수상자를 내지 않는 것을 원칙으로 한다는 운영위원회의 의견을 무시할 수 없었기 때문이었다. 공교롭게도 다섯 분의 후보 가운데 한 분이 『시문학』 출신의 후보였다. 이와 관련하여, 한 분의 심사위원은 『시문학』 출신이든 아니든 이와 관계없이 가장 탁월한 저서를 낸 분에게 상이 주어져야 하리라는 의견을 내놓았다. 예외 없는 원칙이 어디 있겠냐는 의견과 함께. 이어서, 심사위원 가운데 다른 한 분이, 문제가 되는 후보는 심산 선생께서 현재 발간해 온 『시문학』과 이름만 같을 뿐 다른 시전문지 출신이기 때문에 운영위원회의 원칙과 무관하다는 의견을 제시하기도 했다.

그와 같은 의견에 모두가 뜻을 같이 한 뒤에 오랜 시간 논의를 이어갔다. 이어서, 심사위원들은 투표로 수상자를 선정하기로 결정한 후, 무기명 투표에 들어갔다. 투표 결과, 심사위원들 모두가 홍신선 시인의 『직박구리의 봄노래』(파란시선, 2018)를 수상작으로 올렸음이 확인되었다. 만장일치의 수상자 선정이라는 점에서 모두가 즐거워하지 않을 수 없었다. 홍신선 시인은 1965년에 시인으로 등단하여 오늘날에 이르기까지 한결같은 마음으로 시 창작에 전념하고 계신 분이다. 문단에 발을 들여놓은 지 50여 년이 넘었지만, 홍신선 시인은 세월을 뛰어넘어 여전히 시적 긴장도와 언어의 참신함을 잃지 않는 빼어난 시세계를 펼쳐 보이고 있다. 투표 결과가 나온 후 심사위원들은 『직박구리의 봄노래』가 이 같은 홍신선 시인의 시 세계를 웅변적으로 보여준다는 점에 의견을 함께 했다.

모든 심사위원의 마음을 모아 홍신선 시인에게 축하의 말씀을 전한다. 그리고 이번의 '문덕수문학상'이 앞으로도 계속 이어질 홍신선 시인의 열정적인 시 창작 활동에 조금이라도 격려의 역할을 한다면 더 바랄 것이 없다는 것이 모든 심사위원의 의견이었음도 전한다. 또한, 모든 심사위원의 뜻을 담아. 영예로운 '문덕수문학상'을 수상하게 된 홍신성 시인에게 앞으로도 계속 시에 대한 열정과 문운이 이어지기를 바란다.

심사위원 함동선(위원장), 신규호, 고창수, 이건청, 장경렬

문덕수문학상 제5회(2019) 수상자

박진환

사랑법(法)·2 외 4편

　어머니는 평생을 우산을 받쳐 들고 계셨다. 살아계신 동안 어머니의 계절엔 비가 오고 있었기 때문이었다. 비는 우산을 적시고 어머니는 늘 비에 젖어 계셨으나 우리는 한 방울도 비에 젖지 않았다. 무엇인가 비 아닌 다른 것이 우리를 적시고 있었다. 우산 속에서도 젖어버린 그것은 눈물이었다. 비 대신 우리는 눈물에 젖고 눈물은 가슴에 스며 봇물 같은 것으로 출렁이고 있었다. 요즘 종종 비에 젖는다. 우수보다 큰 아픔같은 것이 날 세운 못으로 가슴에 와 박힌다. 늘 어머니가 젖던 비일 듯싶다. 누군가 내게 다가와 우산을 받쳐준다. 그리고는 양지밭까지 동행하다 돌아서 버린다. 내게는 우산이 없다. 비가 오지 않기 때문이거나 받쳐줄

박진환

전남 해남 출생
동국대 국문과, 중앙대 대학원 수료(문학박사)
《동아일보》 신춘시, 《자유문학》 문학평론으로 데뷔
한서대 교수, 예술대학원장 역임
시집 : 『귀로』, 『사랑법』 등 416권, 현재 월간 《조선문학》 발행인 겸 주간

아이들이 없기 때문이 아니라 우산으로 펼칠 사랑이 없기 때문이다. 눈물이 사랑임을 알 나이인데도 나는 눈물이 없다. 흠뻑 젖어보고 싶은 계절이다. 그것은 비를 기다림과 같아서 새삼 어머니가 그리울 뿐이다. 울고 싶다. 한없는 눈물로 울고 싶을 뿐이다.

안개꽃

안개가 끝나는 곳
청명에서만 피는
꽃

안개론 피울 수 없으면서
꽃으로만 피울 수 있는
안개

안개와 꽃이
하나로 몸섞을 때만
피는

꽃과 안개가
하나로 몸 풀 때만
피는

안개꽃

낙엽 이미지

떨어지는 무게는
잴 수 없다

가을의 저울로 재기 전엔
중량은 미지수다

눈금에 새겨지는
순금의 순도
그런 무게와 빛깔쯤으로
낙엽은 진다

어쩌다 중량 미달의
낙엽 하나
그러나 그 속엔
가을의 무게가 들어 있다

이앙기(移秧期)

둑길엔
하얗게 삐비꽃이
피어 있었다.

꽃밭엔
주인 없는 자전거 한 대가
서 있었다.

왕방울 눈을 굴리며
암소 한 마리가
주인 대신 자전거를 지키고 있었다.

저 또래의 검정 염소들이
삐비꽃이 흰머리를 흔들 때마다
늙고 검은 턱수염을 따라 흔들었다.

들녘엔 한결같이
구부러진 허리들이
가을을 심고 있었다.

개화

종일토록 개나리는
볼 가득히 머금은
노란 하품만 토해냈다.

집단 춘곤증에 걸린
산수유는
며칠째 개진개진한
노란 좁쌀 눈꼽을
뜯어내지 못했다.

젖멍울이 선 진달래는
끝내 유두 몇 개를
절개수술 했다.

계절의 발병지대
묵은 그늘의 옷을
벗어버린
백목련은
하얀 칼라의 간호복을
입고 있었다.

제5회 문덕수문학상 심사기

심산 문덕수 선생은 홍익대학교 교수, 국제펜한국본부 이사장, 한국문화예술진흥원 원장, 한국문화정책개발원 이사장 등을 역임하면서 한국문학의 중흥과 세계화에 독보적 기여를 하신 문학사의 산 증인이다. 1955년 『현대문학』으로 등단한 이래 한국시의 발전에 큰 기여를 하였고, 『한국모더니즘시연구』 등의 역저를 통해 이론적인 탐색도 지속하였다. 특별히 1965년부터 『시문학』을 통해 많은 시인들을 배출하였고 시의 담론적 진경(進境)에도 양도할 수 없는 역할을 하였다. 이처럼 소중한 선생의 업적을 기리기 위해 제정된 문학상이 이번에 제5회 수상자를 내게 되었다.

수상자로 선정된 박진환(朴鎭煥) 시인의 작품은 한국문단을 대표하는 원로시인의 역량과 자산을 유감없이 느끼게 해준 가편(佳篇)들이었다. 박진환 시인은 한국문학사에 '풍시조(諷詩調)'라는 새로운 영역을 구축함으로써 독자적인 시학적 성과를 보여주었고, 특별히 지속적으로 발간되는 전집을 통해 한편으로는 그릇된 세상의 질서를 꾸짖고 풍자하며 한편으로는 특유의 서정성과 성찰적 자의식을 보여주었다. 형이상(形而上) 시인들이 명명한 '순수한 통징(痛懲)'을 자신의 시세계에 적극 들여와 박진환 시인은 그것을 이른바 '복수의 시학'으로 이론화하기도 하였다.

그가 실험하고 착근시킨 풍시조는 삼행을 기본으로 하면서 형태는 시조와 비슷하지만 정형시가 아닌 순수 자유시 형식이다. 시의적인 시사 문제를 다루기는 하지만 깊은 풍자의 시선을 통해 본질적인 삶과 사물의 심층을 들여다보려는 의지가 훨씬 강한 양식적 자각의 산물이라고 할 수 있다. 이를 통해 박진환 시인은 형식적으로나 내용적으로나 우리 시의 새로운 영역을 훤칠하게 개척했다고 할 수 있다. 이제 등단 60년을 맞은 한결같은 이력과 함께, 꾸준히 월간 『조선문학』을 발행함으로써 한국문학의 든든한 인프라를 제공해 오신 기여도 역시 두고두고 기억될 것이다.

이번 수상작은 이러한 박진환 시인의 시를 통한 양심의 육성과 미학적으로 꽉 짜여진 예술적 정화(精華)를 보여주기에 부족함이 없었다고 할 수 있다. 이러한 정갈하고 견고한 시상과 고전적인 것을 향한 사유가 문덕수 선생의 시정신의 갈피를 드러내고 있다고 심사위원들은 판단하였다. 수상을 축하드리고 더욱 시단의 큰 어른으로서의 빼어난 시세계를 지속적으로 보여주시길 마음 깊이 기원해 본다.

심사위원 김규화, 신규호, 홍신선, 김종회, 유성호

이향아

답사 외4편

나는 겨우 입을 열었습니다

'감사합니다'

무대에서 내려갈 때까지 오로지 나는,

이 한마디 말씀으로 퇴장할 것입니다

내가 드리는 가슴 벅찬 고백이

살구나무 물오를 때 끌어안는 말씀이든

텅 빈 들녘 저물 때 손을 젓는 말씀이든

아무 쪽이나 괜찮습니다, 감사합니다

이제 겨우 견딜 만한 이 땅의 어지럼증

이향아

《현대문학》 3회 추천으로 문단에 오름(1963-1966)
시집 : 『오래된 슬픔 하나』, 『순례자의 편지』 등 25권
수필집 : 『오늘이 꿈꾸던 그날인가』 등 18권
문학이론서 및 평론집 : 『시의 이론과 실제』 등 8권
영역시집 : 『In A Seed』, 『By The Riverside At Eventide』
일역 시집 : 『安否だけ うかがいます』
수상 : 한국문학상, 윤동주문학상, 신석정문학상, 문덕수 문학상,
아시아기독교문학상 등
현재 한국문인협회자문위원 호남대학교 명예교수,
국제 PEN 한국본부 고문, 문학의 집-서울 이사

거친 파도에 휘말리는 섬과 섬으로
동행하게 된 것만도 눈물겹습니다
하루해 보내고 이부자리를 펼 때
두 다리를 뻗고 전등을 끌 때
다시 하고 싶은 말, 감사합니다

바람이 지나간 뒤

그가 한 번 휩쓸고 지나간 뒤에 봉놋방에 앉았던 우리들
의 자리가 아무도 모르는 새 바뀌어 버렸다, 하늘이 분배한
녹을 지키듯, 우리는 아무런 불평도 없이 바뀐 자리에 복종
하였다.

칭기즈칸이 말을 몰아 들을 달릴 때, 회오리 내지르던 말
울음소리, 바람은 제 몸을 베어내며 비명을 지른다.

그가 한 번 지나가면 언덕 하나 생기고 다시 언덕 하나
없어지는 사막 나뭇잎이 떨어질 때, 빨랫줄이 뒤집히고, 표
류하는 어선의 찢어진 돛폭에 바람은 참았던 고백 짓누른
통곡 귀먹은 절규를 토해낸다.

그럴 거야, 그렇겠지 예삿일은 아니야, 아무도 아니라고
하지 못했다.

바람은 지나가고 우리들만 남았다.

한 그루 초록을 문지르면서

그림을 그릴 때면 캔버스 바탕에 우선 초록부터 문지르세요. 그 찬란한 색깔을 한 숨결에 놓쳐 버렸지만 아직은 남았노라 소리치는 시늉으로, 어영부영 한낮은 지나갔어도 그래도 아직은 단내나는 볕살, 색깔이 이렇게 쉬 낡을 줄 그때는 몰랐다고, 궁색한 변명은 하지 않겠습니다.

밀밀하고 촘촘한 아이들의 머리칼은 초록 실타래, 아침을 흘러가는 시냇물 소리, 눈물도 그리움도 초록입니다. 예, 여기 있어요, 그립습니다, 멀리서 대답하는 그윽한 소리, 세상은 푸름으로 눈부십니다. 연둣빛으로 피어나는 향내 초록으로 나부끼는 깃발 갈매색 창공에 깃을 치는 날개 그가 품고 있는 아량과 기운 나는 지금 비단 같은 그늘에 잠겨 한 그루 초록을 문지르는 중입니다

횡격막 위에

새벽 산책길에서는 아무 말도 하지 맙시다, 우리는 간밤에 함께 죽었던 사람, 아무 말 없이 눈만 뜨고 있어도 무슨 말을 품었는지 서로 알고 있습니다. 안 들어도 들은 듯이 차오르는 것들, 옳다고 고개를 끄덕이거나 그득하여 웃는 낯을 지어 뵈거나, 좁은 길에 비켜서서, 당신이여 무사히 지나가소서, 걷고 싶은 만큼 거닐다 보면 수많은 말씀이 횡격막에 쌓입니다. 횡격막 위에, 가슴이라고 우기는 형이상학의 선반 위에

새벽 산책, 가슴에 쌓이는 말, 내 하루는 이것으로 출렁거립니다. 걸음을 옮기는 발바닥과, 발바닥을 떠받치는 세상의 바닥, 그 바닥을 누르고 나아가는 새벽, 맑고 서늘한 형이상학입니다.

어디서부터 왔는지, 와서 나를 이만큼 지탱하게 하는지, 깊고 고요하게 흐르는 시간

쓸개 하나 지키려고

탱자나무를 마당 가에 심었습니다. 사람들은 우리 집을 가시울타리 집이라고 하였습니다. 탱자꽃이 희게 피었다가 열매가 노랗게 익고 온 마을이 향기에 휘청거리자 아무도 탱자나무를 가시나무라고 부르지 않았습니다.

겨울이 오고 우리 집은 다시 가시나무 울타리 집이 되더니, 가시나무를 뽑아버린 후 울타리 없는 집이 되었습니다. 울타리 없는 집 휑하니 뚫린 집, 아무나 와도 좋고 아무나 가도 좋은, 가져갈 것도 지킬 것도 없어서 마음 편한 집입니다.

그런데 이상하지요, 나는 왜 자꾸 쓸개 빠진 집처럼 생각할까요, 쓸개 하나 지키려고 내가 친친 감고 있는 것은 무엇일까요.

나는 지금 정말로 쓸개가 있을까요, 그것으로 무엇을 지킬 수 있을까요.

제6회 문덕수문학상 심사기

심산 문덕수 선생은 홍익대학교 교수, 국제펜클럽 한국본부 회장, 한국문화예술진흥원장, 한국문화정책개발원 이사장, 대한민국예술원 회원 등을 역임하시면서 한국문학의 중흥과 세계화에 독보적 기여를 하신 문학사의 거목이다. 1955년『현대문학』으로 등단한 이래 한국 시의 발전에 큰 기여를 하셨고,『한국모더니즘시연구』 등의 역저를 통해 이론적 탐색도 지속하셨다. 1965년부터『시문학』을 통해 많은 시인들을 배출하셨고 시의 담론적 진경(進境)에도 양도할 수 없는 역할을 하셨다. 이처럼 소중한 선생의 업적을 기리기 위해 제정된 문학상이 제6회 수상자를 내게 되었다. 특별히 올해는 선생이 별세하신 후 처음으로 시행되는 상이라 뜻깊은 자리가 되리라 생각된다.

이번 수상자로 선정된 이향아 시인의『캔버스에 세우는 나라』는 한국문단을 대표하는 원로시인의 역량과 자산을 유감없이 느끼게 해준 가편(佳篇)들을 모은 집성이었다. 이향아 시인의 시쓰기는 삶과 사물의 심층을 들여다보는 근원적 원리로 등극하면서, 성찰과 그리움의 과정을 바탕으로 삼으면서, 거기에 사물과 사람과 풍경을 눌러 담은 고전적인 상상력을 보여주었다. 삶과 죽음, 유목과 정착이라는 시쓰기의 결실을 안아들이는 장면을 보여주면서, '담시집'이라는 스스로의 명명처럼, 삶의 현실과 초월 양상을 풍요로운 서술성으로 드러내주었다. 이번 수상이 시인의 오랜 시력에 상응하는 응원이 되기를 바란다.

특별히 이향아 시인은 언어의 안정감과 삶의 세부적 국면을 날카롭게 관찰하고 제시하는 역량이 남달랐다는 평가를 받았는데, 균질적이고 지속적인 시선으로 삶에 대한 따뜻한 관찰과 서늘한 이미지를 담아내면서 자신의 시세계를 한 차원 도약시키는 데 성공하였다는 의견이 도출되었다. 수상자께 축하의 인사를 드리면서 이번 수상을 계기로 하여 다양하고도 단단한 서정과 인식으로, 서정적 정감과 심미적 언어의 정점을 보여준 이번 세계를 디디면서, 한국 시의 커다란 진경을 보여주기를 마음 깊이 기대해마지 않는다.

심사위원 박진환, 신규호, 김규화, 이숭원, 유성호

신 진

다리 둘로 걸었다 외 4편
— 석기시대

바위절벽 넘고 꽃무더기를 건너서

나비 날아 잡새의 밥이 되는 동안

남대천 명파천 연어

캄차카반도로 가서

베링해, 북태평양 대양을 가로지르는 동안

사람은 걸었다

더듬이도 지느러미도 없이 다리 둘로

얼음 강 건너 바위산 넘어

아프리카에서 아시아까지 오세아니아까지

신 진(辛進)

《시문학》이원섭, 김남조 시인 추천으로 등단(1974~1976), 문학박사(성균관대)
시집 : 『멀리뛰기』, 『석기시대』 등 8권
시선집 : 『풍경에서 순간으로』, 『사랑시선』 등
논저 : 『한국시의 시론』(산지니) 등 10권
동화집 : 『반려인간』 외, 에세이집 : 『촌놈되기』 등
수상 : 한국광역시문학상, 설송문학상, 봉생문화상, 부산시문화상,
문덕수문학상 외
현 동아대 한국어문학과 명예교수

물을 가르고 벽을 넘었다

비늘 없으나 거센 물살 가르고
날개 없으나 허공 저어갔다
화산재 헤치며 설산을 넘고
내일 걷기 위해서 오늘 걸었다
땅 아래 공중 아래 다리 둘로

두 다리 상한 날에는
마음에 기대 걸었다
매일 매시 첫 생각 다시 만났다
홀로 걷다 그리움을 만나면
손 호호 불며 함께 걸었다

땅 끝에는 지평선
삶의 끝에는 다시 첫 삶
날개도 없이 비늘도 없이
늘 시작하는 끝 끝나지 않는 끝을 향하여
두 다리로 허리 받치고
돌 하나 들고 걸었다

맨 처음
— 석기시대

세상에서 맨 처음
공중에다 돌을 던진 사람은
새가 되어 공중에 들고

세상에서 맨 처음
물에 대고 돌을 던진 사람은
물고기 되어 물에 들고

세상에서 맨 처음
사람에게 돌을 던진 사람은
다시 사람이 되어 사람 가슴에 들고

노인의 아침

마른기침 일어나
어둠의 자투리들을 갠다
쿨럭쿨럭 삽자루 일어나고
눈곱재기 닦으며 털복숭이 한 마리 뛰쳐나온다
몽당 털복숭이 논두렁길 앞장을 서면
밤새 물을 지고 기다렸던 풀들이
노인의 발등에 한 바가지씩 물을 뿌린다
샛바람 불어 와 노인의 이마에 새로 체온을 짚고
복숭아뼈를 타고 쇄골까지 물 기운 오르는 동안
노인은 물꼬 다지고 피 싹 몇 건진다
논바닥 흙의 숨소리 여기저기 모이고 흩어지고
찌르레기 소리 내며 재잘거린다
부신 개밥그릇 보듯 살갑고 낯익은 들판
여기저기 바투 돛을 올리는 농투성이들의 목선들
여어— 여어—, 또 하루 함께 맞았구나
답 없이도 저마다의 무사함을 알리고 있다
일평생 칭송 받은 일 없고
알래스카며 앙코르와트며 멀리 가 본 이 없으나
넘길 것 죄 넘기고 조그맣게 남았으니
다시 밝는 날이 짐 되지 않다
툇마루 너머 산이며 들이며 한도 없이 몸을 푼다

강아지 새삼 다가와 노인의 발등에 몸을 비비고
볕살 알뜰히 쏘다니며
젖은 신발 젖은 삽날 찾아 말린다
둘이서 맞는 툇마루의 아침 밥상
홰나무 가지 사이 샛별조차 기웃거리나니
오늘은 갈 때가 아니라고 하루는 더 쉬다 가자고
몽당 털복숭이 폴짝폴짝 뛰어올라
주둥이 입 맞추며 몸 문질러가며 조른다

시장골목

시장 길에서
모르는 사람과 어깨 부딪히기
즐거운 일이다
부딪히면서
부딪히는 걸 잊는다
모르는 사람끼리 어깨 비키기
또한 즐거운 일이다
아슬아슬 어깨 비키면서
비켜가는 줄 모른다
사이
모르는 사람과 나는 걸음 멈추고
어깨 붙이고 서서 보았다
깨끗이 닦은 버섯들이 입 맞추는 모습
몸 잘 닦은 마늘 떼의 엉덩이 흰 살 보았다
사이
모르는 사람끼리 어깨 비키며
엇 둘 엇 둘 구령 맞추지 않아도
손에 손잡고 맞춰가며 걷는 시장길
보이지 않아도
마늘 엉덩이 보듯 빤히 보였다
부딪히는 줄 모르고
비켜가는 줄 모르고

꿈속 경주(競走)

힘대로 달려왔네 앞서가는 이 뒤통수 따라
결승 메인스타디움 가까워서야 눈에 들어오네
아직도 출발점 근방에서 꿈적거리고 있는 사람들

일찌감치 트랙을 내주더니 여태 저러고 있었구나
밀어주고 끌어줄 인맥이 없었구나
발버둥 쳐도 발버둥 쳐도 거꾸러지기만 하였구나

싸늘한 빙판길 한가운데서
난민처럼 고개 숙이고
오가는 맹수들의 눈치 살피며 곱작거리는 눈망울들

누가 저들의 근육을 끊어 놓았나?
빤질빤질 닳고 시리게 찬 검정 아스팔트 위에
저들을 짓밟아 놓고 달아난 이, 내가 아니었을까?

그랬구나, 나는 내달리기만 하였구나
부실한 나를 감추려고 더 빨리 더 높이 내달렸구나
저들의 어깨가 내려앉는 동안
출발점이 결승점 그 자리가 그 자리인 트랙 위에서

결승 메인스타디움 가까이 와서 팔다리 다 풀렸네
어디로 가나? 저들을 두고
출발점 결승점 방위조차 잃어버리고
오락가락 눈치 살피며 갈팡질팡 미끄러지고 있네

제7회 문덕수문학상 심사기

예년과 마찬가지로 많은 시집들이 출간되었다. 시단의 의지와 열정이 조금도 꺾이지 않았다는 반증이기도 하다. 심산 문덕수문학상이 올해로 7년째를 맞았다. 작년, 선생님의 부음을 접하고서 주변인들이 느꼈던 공허함과 아쉬움은 무엇과도 비교할 수가 없었다. 때마침 불어 닥친 코로나 시국과 더불어 그 빈자리는 더욱 크게 다가왔지만, 높고 큰 유지를 받들어 한국 시문학을 한 단계 끌어올리고자 하는 이 시대 시인들의 한 조각 붉은 마음만큼은 날이 갈수록 더욱 선명해지는 듯하다.

올해 수상작으로 신진 시인의 시집 『석기시대』를 선정하는 데 별 어려움이 없었다. 지나온 시력만큼이나 시인의 작업에서는 이제 원숙미가 느껴진다. 크게 보면 신진 시인의 시는 폭주하는 현대사회의 일방통행식의 질서와 조건들 속에서 마주친 제반 문제점들에 대한 내외적 반성과 성찰의 계기를 제공한다. 내용이나 형태면에서 어렵지 않게 읽히지만 그렇다고 마냥 단순하지도 않다. 그 비법은 스스로 설정한 차유라는 비유적 틀을 충실히 따르며 이행한 데 있다고 본다.

차유란 비유에서 흔히 강조되는 동일성이 아닌, 차이성을 강조한 개념이다. 이제껏 우리에게 익숙한 발상과 시법으로부터 끊임없이 스스로를 차별화하려는 노력, 그러면서도 한편으로 과하다거나 난해하다는 불평으로부터 일정 정도 거리를 두고 이를 창의적으로 넘어서려는 노력이 차유적 구성의 요체다. 이는 다양성과 변화를 추구하면서 동시에 예술 작품으로서의 완결성과 안정감을 중시한 결과라 하겠다. 이러한 차유의 발상과 표현 위에 위트와 풍자를 가미한 문명비평의 정신과 태도를 들여다보는 것은 시인의 시작품이 가져다주는 또 다른 묘미라고 생각된다.

시는 넘쳐나지만 갈수록 시다운 시, 시인다운 시인을 발견하기 어렵다는 불평들이 여기저기서 들려온다. 이 시대가 요구하는 시다운 시와 시인다운 시인의 모습이 진정 어떤 것인지를 밝힌다는 것은 쉽지 않은 일이긴 하다. 그렇지만, 분명한 것은 그럴수록 시인으로서 꾸준히 자신만의 시세계를 가다듬으려는 긴장된 노력이 필수적이라는 사실이다. 이미 지역 시단의 원로로 대우받고 있는 시인이지만, 이번 수상이 그간 본인이 일구어낸 사업을 둘러보고 앞으로의 시단 활동에 더욱 박차를 가하는 계기로 작용하였으면 하는 바람이다. 다시 한번 진심으로 수상을 축하드리며 앞으로 펼쳐질 활동에도 변함없는 기대를 걸어본다.

심사위원 이향아, 김규화, 양병호, 유성호, 김유중

문덕수문학상 제8회(2022) 수상자

이기철

영원 아래서 잠시 외 4편

모든 명사들은 헛되다

제 이름을 불러도 시간은 뒤돌아보지 않는다

금세기의 막내딸인 오늘이여

네가 선 자리는 유구와 무한 사이의 어디쯤인가

아무리 말을 걸어도 영원은 대답하지 않는다

어제는 늙고 내일은 소년인가

오늘의 낮과 밤은 어디서 헤어지는가

이파리들이 꾸는 꿈은 새파랗고

영원은 제 명찰을 달고 순간이 쌓아놓은 계단을 건너간다

이기철(李起哲)

경남 거창 출생, 영남대 국문과, 동 대학원 졸업, 영남대 교수, 현재 명예교수
시집 : 『청산행』, 『지상에서 부르고 싶은 노래』, 『내가 만난 사람은 모두 아름
다웠다』, 『유리의 나날』, 『산산수수화화초초』, 『영원 아래서 잠시』 등 21권
영역 시집 : 『Birds Flowers and Men』
비평집 : 『인간주의 비평을 위하여』, 에세이집 : 『쓸쓸한 곳에는 시인이 있다』
자작시 해설집 : 『우리 집으로 건너온 장미꽃처럼』
수상 : 김수영문학상, 시와시학상, 후광문학상, 최계락문학상, 아림예술상,
박목월문학상, 문덕수문학상 등
현재 경북 청도에서 〈여향예원, 시 가꾸는 마을〉 운영

나날은 누구의 방문도 거절하지 않는다
이 윤슬 햇빛이 늙기 전에 나는
어느 철필도 쓰지 않은 사랑의 문장을 써야 한다
오래 견딘 돌이 체온을 버리는 시간
내가 다독여주지 못한 찰나들이 발등에 쌓인다
무수한 결별의 오늘이 또 나를 떠난다
나는 여기에 현재의 우편번호를 쓸 수가 없다

이슬로 손을 씻는 이 저녁에

어디엔가는 아름다운 세상이 움 돋고 있을 것 같아
소낙비 트리트먼트로 머리 감은 나무 아래서
나도 비눗물을 풀어 세수를 한다
지우산을 펴는 것은 하늘을 가리기 위해서가 아니라
하늘에게 부끄럼을 들키지 않기 위해서다
꽃씨 하나를 아기처럼 보듬는 저녁이
한 해를 반짇고리처럼 요약하는 날은
내 틀린 생각들을 불러내어 자주 회초리를 친다
수많은 책과 금언들을 지나왔지만
아무도 아름답게 세상 건너는 걸음걸이를
가르쳐준 사람 없다
위태로이 담을 건너면서도 하얗게 웃는
박꽃같이 사는 법을 말해준 사람 없다
내 무신론의 아름다움이여
길을 가다가 우물물이 흐려질까
나뭇잎을 건져내는 사람 만나면
나는 그의 손을 잡고 이 시대를 건너갈 것이다
이슬로 손을 씻는 이 저녁에

벼랑에서 말하다

없던 꽃 피어난 길을 걸으면 내 발은
그 땅이 성지라고 황홀해한다
나무는 햇빛으로 짠 옷을 입고
풀꽃은 작은 향기로 제 있음을 알린다
내 신발이 딛고 온 처마 아래의 세상
그곳의 수저소리가 음악이 된다
여름을 지나온 나무들이 식구를 늘리고
내를 건너온 나비가 화려한 옷을 갈아입는다
꼭 한 번만 세상을 밝히려고 온 꽃들의
웃음소리가 지붕을 넘을 때
내 펜을 기다리는 흰 종이여
완전히 파괴된 폐를 안고도
좋은 날씨와 햇빛의 축복을 편지에 쓴 불멸의 시인*
그 영혼에 기대어 묻노니
나는 언제 아픈 세상을 향해 한 편의 송가를 쓰나
언제 추운 시대를 보듬는 한 편의 축시를 쓰나
이 괴저(壞疽)의 시대에
벼랑이 달빛을 받아 안듯이

*불멸의 시인 : 존 키츠는 1820년부터 그가 죽은 1821년 사이, 친구
레이놀즈(J Reynolds)에게 좋은 날씨와 햇빛에의 축복을 편지로 썼
다. 그때는 키츠가 의사 클락(DR. James Clark)으로부터 최악의 폐
결핵으로 두 폐가 완전히 파괴되었다는 진단을 받은 뒤였다.

생의 노래

움 돋는 나무들은 나를 황홀하게 한다
흙 속에서 초록이 돋아나는 걸 보면 경건해진다
삭은 처마 아래 내일 시집갈 처녀가 신부의 꿈을 꾸고
녹슨 대문 안에 햇빛처럼 밝은 아이가
잠에서 깨어난다

사람의 이름과 함께 생애를 살고
풀잎의 이름으로 시를 쓴다
세상의 것 다 녹슬었다고 핍박하는 것
아직 이르다
어느 산기슭에 샘물이 솟고
들판 가운데 풀꽃이 씨를 익힌다

절망을 두려워하는 사람들이
지레 절망을 노래하지만
누구나 마음속에 꽃잎 하나씩은 지니고 산다
근심이 비단이 되는 하루
상처가 보석이 되는 한 해를 노래할 수 있다면
햇살의 은실 풀어 내 아는 사람에게
금박 입혀 보내고 싶다

내 열 줄 시가 아니면 무슨 말로
손수건만한 생애가 소중함을 노래하리
초록에서 숨 쉬고 순금의 햇빛에서 일하는
생의 향기를 흰 종이 위에 조심히 쓰며

사랑하는 사람은 시월에 죽는다

시월은 반짝이는 유리조각으로 내 발등을 찌른다
아픈 사람이 더 아프고 울던 벌레가 더 길게 운다

시월엔 처음 밟는 길이 오래 전에 온 길 같고
나에겐 익숙한 작별들이 한 번 더 이별의 손을 흔든다

노랑 양산을 펴들고 있는 저 은행나무에게도
푸름은 연애였을 것이다

초록으로 다 말 못한 사연
마침내 붉게 붉게 태우고 싶었을 것이다

아무도 귀뚜라미의 충고를 귀담아 듣지 않을 때
벌레 울음 아니면 누가 한 해를 돌 틈에 끼워둘 것인가

유독 나에게만 범람하는 가을엔 핏줄이 다 보이는 시를
읽고
정맥을 끊어 백지에 시를 쓴다

사랑하는 사람은 모두 시월에 죽는다

제8회 문덕수문학상 심사기

심산 문덕수 선생의 문학적 업적과 학문적 성취를 기리기 위하여 제정된 '문덕수문학상'이 올해 벌써 8회를 맞고 있다. 모든 문학상이 그렇듯이, '문덕수문학상' 역시 한국 현대시의 영역을 새롭게 확장하고, 훌륭한 시적 성취를 이룩한 시인을 찾아 격려함과 동시에 칭송하고자 제정되었다. '문덕수문학상'은 궁극적으로 한국 현대시의 토양을 풍부하게 하고, 새로운 발전적 지향을 모색하도록 자극하는 역할을 할 것이다.

오늘날 세상은 경쟁 효율 속도의 깃발을 나부끼며 욕망 추구의 목적지를 향하여 내달리도록 강요한다. 시대는 몸 현실 자본에 방점을 찍으며 화폐의 중요성을 필요 이상으로 되풀이 강조한다. 물질적 욕망을 추구하는 세상에 빼빼마른 정신이 하릴없이 방황하는 시대가 되어버린 것이다. 그리하여 우리의 일상은 비루하고 꾀죄죄하기 그지없다. 밤하늘의 별을 우러르며 우주를 꿈꾸는 몽상을 타기시하며, 일상을 박차고 떠도는 상상력의 유랑을 금기시한다. 일상에 순응하여 사소하고 자잘한 행복을 만끽하며 사는 소시민이 이상적 모델로 자리 잡았다. 그럼에도 시인은 암중모색하는 게릴라처럼 시를 써 갈긴다. 권태로운 일상을 벗어나 "저 푸른 해원을 향하여 노스탤지어의 손수건을 흔들며" 존재의 위의를 펄럭인다.

한편 요즘 예술의 풍조는 범람하는 영상과 비주얼의 기세에 압도당하고 있다. 각종 매체와 미디어의 발전에 따라 예술 환경

뿐 아니라 감수성까지 변화하고 있다. 하여 자극적인 감각과 쌈빡한 정서가 주류를 형성하고 있다. 삶과 세계에 대한 은근하고 본질적인 탐구는 경시되고 있다. 시는 의기소침한 채 '무용지용(無用之用)'의 역할에 충실한 예술이 되었다. 쓸모없는 것으로 쓸모를 만드는 공력이 단순한 역설이 되지 않도록 고군분투하고 있다. 과학과 물질에 대적하는 유일한 방법론인 "일체유심조(一切唯心造)"의 강령에 따라 마음 밭을 노심초사 경작하고 있다. 시인이 불면의 밤을 새워 수확한 조촐한 시편은 도시와 문명의 뒤안길에서 배회하는 쓸쓸한 사람들에게 한 그릇의 위안이 되고 있다.

올해 이기철 시인의 시집 『영원 아래서 잠시』를 수상작으로 선정하는 과정에서 모든 심사위원은 즐거운 마음으로, 그리고 흔쾌히 합의하였다. 아마도 그의 시가 지닌 전통서정성과 현대적 감수성의 조화라는 미학적 탁월성에 동의하였기 때문일 것이다. 이기철 시인은 50여 년의 시력을 지닌 그야말로 명실공히 원로시인이다. 그의 시는 세계와 친밀한 대화를 추구하고, 아름다운 삶을 노래하는 경향을 보인다. 이기철 시인의 언어로 말하자면, 그의 시가 지향하는 최종 목적지는 "사랑의 문장"이다. 그는 삶과 세계를 매우 경쾌하고, 섬세하고, 따뜻하고, 발랄하게 응시한다. 이로 인해 그의 시는 존재의 근원을 향한 순수함, 선량한 인간미, 자연환경의 생동감, 밝은 세계의 역동성과 같은 긍정적 분위기를 환기한다.

이기철 시학의 미덕은 다양하다. 상상력의 활달함과 신선함은 특징적이다. 이는 사물과 인지 주체자 사이의 경계를 무화시키는 데서 발생한다. 자연사물과 세계와 시인은 서로 넘나들며 너/나를 발랄하게 교체한다. 또 시인은 사물, 관념, 추상에 인격을 부여하는 인지 성향을 드러낸다. 이는 그의 시에 경건한 삶의 자세, 정갈한 사색, 휴머니즘에 기초한 명상, 겸손한 자의식 등을 산포한다. 시집 제목에서 시간성을 표방하는 '영원'과 '잠시'를 역설적으로 이항대립시켰듯이, 그는 '현실'과 '꿈'을 결합/조합/혼용/융복합/통섭하는 데 능수능란하다. 이러한 조화의 상상력은 시상의 전개에서 기대와 예측을 배반함으로써 경쾌하고 발랄한 흥미를 유발한다.

한계를 초월한 활물상상력으로 자유롭게 구사하는 은유는 기왕의 현실과 관념을 역동적으로 전복하는 쾌감을 선사한다. 시인의 언어 부림은 활달하고 경이롭다. 그의 언어 창고는 먼지 쌓인 부족어, 거미줄 친 유아어, 낡은 일상어, 퀘퀘한 농경어에 이르기까지 풍족하기 때문이다. 또 그의 시는 시의 원형질인 노래의 음률을 독자적인 리듬으로 성취하여 훌륭한 음악성을 확보한다. 이기철의 시는 이미 현대적 가치와 감성을 견인하는 서정시의 본령으로 우뚝 자리하고 있다. 이기철 시인의 '문덕수문학상' 수상을 축하드리며, 삶의 근원과 세계의 본질을 향한 시업 역시 울울창창하기를 기원한다.

심사위원 김규화, 유자효, 신 진, 김유중, 양병호

시문학상
수상자
詩

力學·1 외 2편

깊은 잠 속에서
영혼의 아이는 깨어 울고
추운 울음은
여름꽃 나뭇가지에 매달린다.
봄철로 돌아가는
나뭇잎의 예감,
여름내내 숨어살던
눈송이가 떨어진다.

신세훈(申世薰)

《조선일보》 신춘문예 시부 당선(1962)
제3회 시문학상(1978), 제14회 청마문학상(2013) 수상
제20대 한국현대시협 이사장, 제22~23대 문협 이사장
저서 : 『東夷神話抄』, 『申世薰 민조시선』 등 편역저 34권
韓國自由文協 창립 주도 및 계간 《自由文學》 대표

잠실밤개구리

잠실밤개구리가 운다.
밤새도록 밤새도록 운다.
울음숲을 이루며 잠실잠실
실실실 잠실……
아파트가 더 들어서면
고향을 잃어버린다고 운다.
비맞은 인디언물귀신처럼 운다.
아스팔트가 덮이면
변두리 산으로 쫓겨나
숨 다할 거라고 무한정 밤을 운다.

잠실밤하늘을 원망이라도 하듯
순하디순한 흙값이 금값임을
허공천에 대고 원망이라도 하듯
잠실밤개구리가 새워새워 운다.
금구렁이들이 자꾸자꾸 몰려들면
이제 울 수도 없을 거라고 자꾸 운다.
울음시위와 울음화살로는
마른번갯불로 빛나는 그림자 앞에서는
울어봐도 다 소용없을 거라고 자꾸 운다.
여름밤 인디언물귀신처럼 그리 슬피운다.

조용한 이별
─ '비에뜨남 엽서' · 5

그 티우이 裵를 좋아하던 월남 처녀
웨잉 · 테이 · 하안이 산보를 하던 길에
우리는 철조망을 치고 지뢰를 묻었다.

그 철도청장 딸은 철주까지 걸어 나와
슬픈 얼굴을 하고 되돌아갈 적에
달팽이는 철조망 가에 핀
이름 모를 꽃나무에 기어오르고 있었다.

고 언제나 아가씨 뒤를 따라 쫄랑거리던
그 집 귀여운 개가 지뢰를 밟고 죽은 이튿날
티우이 裵는 다시 하안을 볼 수가 없었다.

전장의 아침은 조용한 꿈속이었다.
그리고 조용한 이별이었다.

시문학상 제13회(1988) 수상자 **채규판**

서림공원에서 외 2편

바람이었는데
눈빛이 더욱 희게 덧난 낡은 의자에
바람이었는데
나뭇잎만 무성한 세월을 본다

흩날리는 은편들 노을 따라 포옹을 줍는 한 줄기의 애정
이었는데
촉촉한 물기를 흘리며 튼 가난한 온실

풀이 무성한 뜰에 살자
순이 입술이 있는 청록에 살자

채규판

《한국일보》 신춘문예 시 당선(1966)
수상 : 이상화 문학상. 시 문학상, 한국 평론가 문학상 등 다수
저서 : 『채규판 문학전집』1-6권 등 50권
한국 문인협회 고문
원광대학교 명예교수

하늘을 인 남루한 의상은 바람에 부딪치는데
흐르는 현악의 가느린 전율

공원이었는데
온몸의 둘레에 꽃분 가득 묻어 나르는
공원의 의자였는데
무성한 세월이 나뭇가지에 걸려 있다

상념의 늪

쏟아져 내리는 우리들의 시간은
뿌리를 깊이 드리우고
한 가닥 날개를 퍼득인다

언덕을 오르고 있는 동안에도
풀잎이 찬란히 섰다

타는 불꽃의 가지 파란 손짓 때문에
아름답게 피어나는 늪

최초의 노래를 발견하며
창을 여는
열락의 바람이여

물이랑에 가득 부푼 풀빛의 질서를
어떻게 가꿀 것인가

갈망하여 맞았던 다리 위에
밤의 연주가
길게 이어가고 있다

회상의 창

최후까지 남아 있는 언어들은
우리들 공동의 생각을 꾸밀 때처럼 빛난다

순수의 그 풀밭의 주변에
숨 쉬며
꽃의 출발은 가장 아름다운 곳에 머문다

밤낮 서성이던 저쪽 산의 난간에
바람이 불고
가슴엔듯 타고 내리는 남루한 연주

벌써 옛날이던가
약속만 찬란한 공유의 생각을 헤치면서
혼자 앉아 있다

창세에 울린 소리 외 2편

눈이 움푹 패인 젖먹이는
두어 번 헛구역질하다
흰자위를 퍼뜩 보인 채
잠들어 버렸다

에미는 멍청히
맨등어리를 드러내고 엎드려
구걸의 자세를 흩트리지 않는다

내민 두 손 안에 쥐어진
우그러진 양재기 하나

김계덕

1937년 서울 출생
《시문학》으로 등단
시집 : 『김계덕 시전집』 등
수상 : 시문학상, 윤동주 문학상 등
한국문인협회 자문위원, 국제펜 자문위원, 한국현대시인협회 고문

어쩌다 한 닢 떨어지면
찡그렁하는
창세에 울린 그 소리
머리 둘레에 하늘을 찌르며 선
칼날의 빌딩 숲, 바벨탑들

유리창과 유리창에 반사하는
새빨간 햇빛이 초점을 모아
그녀의 구걸을 태운다

프로메테우스의 숙명

포신(砲身)에서 뿜는
시뻘건 피 문명이
시공을 엄습해 온다

하늘도
땅도
기름진데
핏빛은 온통 시야를 짙게 물들인다

하나의 지식(知識)이
맨저고리 속 흐르는
피로 피로
내분비 요수(尿水)마저
피불을 끈다

예리한 창칼이
백병전을 벌이는
검붉은 이 숱한 머리털
부러진 팔꿈치
너덜너덜 헤진
무릎살의 비장한 탱크 떼

아으, 원시의 저항은
피 문명의 본진을 녹이려 하는 것이다
폭파해 박살내고 싶은 것이다
씹어 흔들어 팽개칠 작정인 것이다

그러나 아아,
이 매몰되는 처참한 지식은
맥이 떨어진다

핏빛에 싸인 채
허공에 나부끼는
어머니 상(像)
단칸방 모서리의 분내 이는
순이의 눈매
그 너머 붕괴하는
하늘과 땅이 합벽(闔闢)해 간다

평온을 느낀다

시간이 나를 박해할 때마다
사색(思索)과 동작이 요구하는 침묵
대화의 붕괴력

바람의 소리인지
문을 열었지만
아무도 기다리지 않는 나를
부재중(不在中)으로 만들고

나의 확인을 위해 찾아 나설
바깥은 어둠의 행렬
스스로 오라를 풀고
지금껏 체험해 보지 못한
미지의 시간 속을 헤매며

나를 끊임없이 헛갈리게 하는
불순물을 밖으로 밀어내면
자아는 쫓겨나고
하나의 의식에 다가선다
파격적인 회의(懷疑),
비로소 나는 평온을 느낀다

비천 외 2편

어젯밤 내 꿈속에 들어오신
그 여인이 아니신가요

안개가 장막처럼 드리워 있는
내 꿈의 문을 살며시 열고서
황새의 날개 밑에 고여 있는
따뜻한 바람 같은 고운 옷을 입고

비어 있는 방 같은 내 꿈속에
스며들어 오신 그분이 아니신가요

달빛 한 가닥 잘라 피리를 만들고

문효치

1943년 군산 출생.
《한국일보》및 《서울신문》 신춘문예 당선(1966)
시집 : 『계백의 칼』, 『어이할까』, 『바위 가라사대』 등 15권
수상 : 정지용문학상, 한국시인협회상, 김삿갓문학상, 석정시문학상 등

하늘 한 자락 도려 현금을 만들던

그리하여 금빛 선율로 가득 채우면서

돌아보고 웃고 또 보고 웃고 하던
여인이 아니신가요

광대

달빛 중에서도
산이나 들에 내리지 않고
빨랫줄에 내린 것은 광대다

줄이 능청거릴 때마다 몸이 휘청거리며
달에서 가지고 온 미친 기운으로 번쩍이며
보는 이의 가슴을 졸이게 한다

달빛이라도
어떤 것은 오동잎에 내려 멋을 부리고
어떤 것은 기와지붕에 내려 편안하다
또 어떤 것은 바다에 내려 이내 부서져 버리기도 한다

내가 달빛이라면
나는 어디에 내려 무엇을 하는 것일까
지금까지 사는 일에 아슬아슬한 대목이 많았고
식구들은 가슴 졸이게 한 걸로 보면
나는 줄을 타는 광대임에 틀림없다

공산성의 들꽃

이름을 붙이지 말아다오
거추장스런 이름에 갇히기보다는
그냥 이렇게
맑은 바람 속에 잠시 머물다가
아무도 모르게 사라지는 즐거움

두꺼운 이름에 눌려
정말 내 모습이 일그러지기보다는
하늘의 한 모서리를
쪼금 차지하고 서 있다가
흙으로 바스라져

내가 섰던 그 자리
다시 하늘이 채워지면
거기 한 모금의 향기로 날아다닐 테니
이름을 붙이지 말아다오
한 송이 '자유'로 서 있고 싶을 뿐

아침에 외 2편

싸늘한 오일·스토브가 놓인

내실 벽에 걸린

어머니의 초상.

창밖은

그녀의 유액(乳液)으로

누구나 헤엄친다.

고층 빌딩에 걸린 아침은

이 경이(驚異)의 사태를 예상하여

여행사 사무실이나

늘어선 약 가게를 찾아가지 못했다.

양왕용

월간 《시문학》으로 데뷔(1966년 김춘수 시인 3회 천료)
시집 : 『천사의 도시. 그리고 눈의 나라』 외 8 권
연구논저 및 평론집 : 『한국 현대시와 디아스포라』, 『김춘수평전』 외 8 권
수상 : 시문학상 본상, 부산시 문화상(문학부문), 한국 크리스천문학상(시 부문), 한국장로문학상(시 부문), 부산시인협회상 본상, 한국예총 예술문화대상(문학 부문), 제1회 부산크리스천문학상, 한국현대시인협회 국제교류 대상 등
부산대 사범대 국어교육과 교수, 한국크리스천문학가협회 회장, 한국문인협회 부이사장 역임   현재 부산대학교(국어교육과) 명예교수, 한국문인협회 자문위원, 한국현대시인협회 이사장, 동북아기독교작가회의 한국 측 회장

방안도
지하철의 소음(騷音)으로
온통 흔들리는 사물들.
성장한 딸은
어제보다 새로운 옷자락의
마지막 단추를 채우지만
흔들림은 닫힌 창까지 열리게 한다.
하나씩 차례로 열리는
그 창문의 소리
도중(途中)에 침몰하지 않고
시가의 한복판을 통하는
강으로 간다.
철교의 그림자나
이인승(二人乘) 보우트 자국의
강물은
가라앉은 목소리로 노래한다.
이제사 화음되는 아침은
유액이 넘치는 길바닥으로 내려오고
소리 잃어 멍해진 창문도
눈을 크게 뜨며
긴 여행의 차림이 된다.

달려가면서 보는 바다

섬이 달려간다.
섬 가운데의 산들이 달려간다.
산마루 위의 나도 달려간다.
그래도
언제나 저 아래 쪽 바위에다
몸 부딪치며 손짓만 하고 있는
그대는
나에게 무엇인가?
산 너마 저 쪽에 간혹 걸리는
무지개와는 달리
울음소리도 내고
웃을 때마다 흰 이빨 보이는
그대는
나에게 도대체 무엇인가?
한낮의 모래밭에서 그을린
몸둥아리도 아니고
밤마다 날아다니며
살아있음 보여주는 반딧불이도 아니면서
달려도 달려도
와락 나에게로 안겨 오지 않는
그대는

나에게 참으로 무엇인가?

* 시집 『섬 가운데의 바다』(1990), 제16회 시문학상(1991) 수상 시집
  수록

염려하지 말라
—산상수훈 묵상(34)

하늘 아버지께서
공중의 새도
아궁이에 던져질 들풀도
먹이시고 입히시는데
하물며 우리를
그냥 두시겠냐면서
당신께서는
우리에게 의식주를
전혀 걱정하지 말라고 하십니다.
이 말씀 따라
우리는 아무 일에나
염려하지는 않습니다.
그런데
염려를 부추겨 득 보고자 하는
아벨을 죽인 카인 닮은
무리들이
우리를 부추길 때에는
걷잡을 수 없이
염려의 구렁텅이에 빠져
허우적거리면서
소금도 사재기하고

금과 은도 동이 납니다.
어디 그것뿐입니까?
그들의 부추김에 넋을 잃어
나라 일까지 그르칩니다.
이러할 때에도 당신의 가르침대로
염려하지 않을 힘주소서.
염려 부추기는 무리들
이 땅에
다시는 발붙이지 못하게 하여
염려하지 말게 하여주소서.

시문학상 제20회(1995) 수상자 **심상운**

늦가을 은행잎 외 2편

바람이 불면
이리저리 날리고

비 오는 날이면
혼(魂)까지 흠뻑 젖는 노란 은행잎

끝까지 서로의 체온을 나누는 듯
시궁창 바닥에 포개어 누워 있다

빗물이 앙상한 뼈를 씻는다

흙이 금빛 가슴을 덮는다

햇빛이 물 위에서 반짝인다

심상운

《시문학》으로 등단 (1974)
시집 :『고향산천』,『당신 또는 파란 풀잎』,『녹색 전율』등
시론집 :『의미의 세계에서 하이퍼의 세계로』
시문학상(1995). (사)한국현대시인협회 평의원

칠 놀이 또는 페인트 통

나는 가끔
페인트 통을 들고 낡은 벽에 칠을 하는 아이들의
제각기 떠들어대는 소리를 듣는다

페인트 통 속에선 붉은 해가 부글부글 끓고
가지가지 형상의 구름들이 뭉글뭉글 피어오른다

칠 놀이에 지칠 줄 모르던 아이들은
구름을 타고 여행을 떠나고
나는 온몸에 페인트를 묻히며 칠 놀이에 빠진다

벽에 묻은 칠들은 나뭇잎같이 팔랑거리기도 하고
제각기 새가 되어 포르르 포르르 날아오르기도 한다

붉은 빛에서는 타히티 여인들의 허리 곡선이 굼실거리고
퍼런 빛에는 아파트 담을 넘어오다 총탄에 맞은
젊은 멧돼지의 헐떡이는 숨소리도 묻어있다

나는 빛깔들을 다 쏟아낸 빈 페인트 통을 두드려 본다
가볍고 맑은 아이들 소리가 나고

눈부신 햇살 속에서 수천의 이파리를 반짝이며
바람에 흔들리고 있던
은사시나무의 잎사귀 소리가 들린다

모형 전시실 또는 깨진 유리창

　6월의 태양이 눈부신 한낮 국립박물관 모형 전시실에서
는 신석기시대(新石器時代) 근육질 젊은 사내의 돌칼 가는 소
리가 난다. 사내는 숫돌에 칼을 갈다 가끔씩 고개를 들고 사
냥할 때 쓰던 돌화살촉을 움켜쥐고 유리 상자를 깨고 뛰쳐
나오는 듯 허연 수은등 불빛을 노려보고 있다

　12월이 되면 카메라를 메고 세찬 눈보라로 뒤덮인 겨울
날 뻘겋게 이글거리며 드럼통 석탄 난로 곁에 둘러서서 외
지(外地)로 떠나려고 기차를 기다리던 사람들과 방금 검은
탄 속에서 나온 듯 이빨이 유난히 하얗게 빛나는 젊은 광부
들의 뿌연 입김이 깨진 유리창에 묻어 있는 30년 전의 K역
을 찾아서 눈길을 떠나는 그녀

　낮 12시 20분, 나는 그녀의 모형 작업실 벽에 걸려 있는
컬러사진 검붉은 고철(古鐵)들의 무더기 사이로 돋아난 풀잎
의 푸른 혈관 위에 앉아 있던 벌 한 마리가 잉잉 잉잉 방안
을 돌며 유리창에 몇 번 몸을 부딪칠듯 하다가 열린 유리창
밖 환한 빛 속으로 날아가는 것을 본다

숫돌 외 2편

날을 세우기 위하여
시퍼런 날이 서는 순간을 위하여
돌은 지금 무너지고 있다.
칼날은 섰다가 무디어지고
칼날은 섰다가 무디어지고
끝내는
쓸모없는 쇠붙이가 될 텐데
순간순간의
빛나는 파편을 잡기 위하여
견고한 지층이
지금 이렇게 마멸되고 있다.

강남주

1974~1975 추천 완료.
수상 : 근정훈장 청조장, 부산시 문화상 등
부산문화재단 대표이사 역임

이름 때문에

이름이 없을 때는
자유로운 꿈이었다.
이름이 붙고 난 뒤에는
고객을 바라보는 눈이 되었다.
상표는 커튼이 되어
존재의 불빛을 가리고,
이름은 무거운 짐
부자유의 무게가 된다.

저 소나무

혼자 서서도 함성을 지른다.
척박한 땅, 그 벼랑에다
끈덕지게 뿌리를 박으며
소리소리 큰 소리 친다.
거칠어진 피부
그래도 청청한 목소리로.

윗솔과 더불어 외2편

농막 초입에 소나무 한 그루 심었다
십수 년을 지나니 별빛, 달빛과 더불어 키를 세운다
때로는 외로움과 더불어 옹이를 만든다

세월 흐르니 어머니처럼 등은 굽고 곱던 피부가 꺼칠스
럽다

바람도 쉬어가고 별빛도 쉬었다 가고 비 오는 날이면 산
새들도 날아들어 깃을 고치다 떠났다

나 또한 더불어 나이를 먹고, 외로움을 털어내는 지혜를
배우고 몇 개의 옹이를 만들고 있다

김용언

월간 《시문학》으로 등단(1978)
국민대, 대전대 문창과, 서울여대 출강
시집 : 『사막여행』 외 12권
수상 : 시문학상, 국제PEN문학상
한국현대시인협회 평의원. 계간 《현대작가》 발행인

유월

흐드러진 망초꽃 무리, 어쩌면 뙤놈에게 팔려 간 고려시대의 누님 같았고, 흐드러지게 웃다가 무너진 조선의 역사 같다

연극처럼 살아야 한다는 게 부끄러운데 메마른 땅을 움켜잡은 망초꽃은 유월을 알린다

서른 몇 개 혹은 마흔 몇 개쯤으로 얼크러진 꽃잎을 보며 수없이 무너져 버린 바람의 무게를 가늠해 본다

유월은 참으로 눈물로 낮밤을 지새울 계절이다

망초꽃이 눈물이다

나는 너의 무엇이기에

초록으로 눈부시더니 여름도 가고 가을도 지나 시련의 겨울이 이울도록 나를 미치게 하는 너는 나의 무엇이냐

불덩어리로 달구었다가 뒷모습을 보이는 너는 구름이냐, 바람이냐

눈물로도 지울 수 없는 아픔을 주고 물처럼 침묵하면서 내 살점에 뿌리를 내려 나는 명치 끝이 아프다

흘려버리자고 마음 먹어도 가슴에 대못을 박은 너는 세월이 갈수록 살점을 파고 든다
내 깊은 바다에 닻을 내려 나를 묶어 놓았다.
언제쯤 닻을 올릴 거냐

붙잡고 있는 것도 나요, 붙잡힌 것도 나다
촛불처럼 스스로 몸을 태워야 한다면, 도대체 너는 나의 무엇이냐

차라리 먼 바다에 가물거리는 섬이 되고 싶다
사랑이여!
그리움이여!

기다림이여!
미움이여!

다물(多勿)·1 외 2편

안개 속에 젖어 있었다
태초에 말씀 한마디
누리에 가득하던 공허
지구가 다만 하나의 불덩이였을 때
깊디깊은 선사의 골짜기
빙하의 가슴을 적시던
시생대의 높새바람

수미산 어디쯤
알타이산록 어디쯤
아니 시베리아 원시림

손해일

서울대 졸업, 홍익대 대학원 문학박사(1991)
《시문학》으로 등단(1978)
시집 : 『떴다방 까치집』 등 저서 14권
수상 : 서울대 대학문학상, 시문학상, 소월문학상, 매천 황현문학대상 등
(전)한국현대시협 이사장, 서초문협 회장, 농협대 교수, 농민신문 편집국장 등
(현)국제PEN한국본부 명예이사장(35대이사장 역임), 한국문협 자문위원 등

바이칼호반의 어디쯤
우리의 핏속을 에돌아 흐르는
동이(東夷)의 숨소리

양자강, 황하, 난하에서 우수리강까지
중앙아시아 타시겐트, 알마아타. 키르키츠를 넘어
황막한 몽고고원 고비사막을 건너
만주벌을 치달리던 청동인의 말굽소리

흰옷겨레 적막한 말울음이
황사바람에 날고 있었다.

빛을 위한 탄주(彈奏)

〈1曲〉

해는 몸을 살라 빛을 기른다
강심(江心)에 흩뿌리는 목숨의 뼛가루
어둠을 벌목(伐木)하는 톱질소리
등성이마다 아침을 예감하는
해바라기 눈매여.

〈2曲〉

마른번개 천둥 돌개바람
짜랑짜랑 울지 못하는 녹슨 목울대로
무슨 가락을 빚으랴
독충에 심장을 다 주고도
탐욕스런 황금의 손
톱날에 잘려
깊이깊이 떨어져 간 나락(奈落)
귀멀로 눈멀어 죽어가는 것들은
늘 꽃상어에 실려 갔다
가위눌린 볕살의 꿈
비명(碑銘)이나 남아 있을까.

〈3曲〉

팍팍한 자갈밭으로
빈 수레를 끌고 떠난다
섬돌 위에 꽃신을 벗어 두고
가시덤불 헤치는 맨발
둘러봐도 날 샐 기척은 없고
살갗에 배는 피얼룽
그 눈물과 절망의 깊이만큼
밤이 무너진다.

〈4曲〉

겨울나무 매몰찬 가지
싸늘한 웃음소리
어둠의 명치 끝에 햇살을 꽂을 때쯤
악전고투 끝에 우리의 육신은
쓰러져 뒹굴지만
아픔을 말하지 말라
불기둥 맞부딪친 섬광
푸른 넋들이 깰 때까지는.

〈5曲〉

어디로 가고 있는가

유랑(流浪)의 문턱에 닿아지는 발바닥

날아도 닿을 수 없는 순수의 끝

살과 뼈를 묻고도 잎새 하나 못 피운

허망한 몸짓을 버리고

더운 가슴 트고 사는

나무로 서자.

〈6曲〉

미명(未明)을 날개 쳐

푸득푸득

은하(銀河)에 둥지 트는 불새

피가 배도록 부리로 물어 나른 빛

홰를 칠 때마다

깃털 한 오락 생살점까지

청냇잎새 살아나는, 오오

눈부신 채광(採光).

〈7曲〉
첫닭이 울면
어둠의 은밀한 자궁 속
탯줄을 가르는 햇덩이
빛나는 햇살의 옷자락
아침은 쩡쩡
하늘의 푸른 정수리를 쪼개고
늪 같은 잠 속
풋풋한 젊음이 깨어난다.

새벽바다 안개꽃

바다는 육지가 그리워 출렁이고
나는 바다가 그리워 뒤척인다
물이면서 물이기를 거부하는
모반의 용트림
용수철로 튀는 바다

물결소리 희디희게
안개꽃으로 빛날 때
아스팔트에 둥지 튼 갑충(甲蟲)의 깍지들
나도 그 속에 말미잘로 누워
혁명을 꿈꾼다.
돌아가리라, 돌아가리라.
덧없는 날들을 어족처럼 데불고
시원(始原)의 해구(海溝)로

우리가 어느 바닷가 선술집에서
불혹(不惑)을 마시고 있을 때
더위 먹은 파도는 생선회로 저며지고
섬광 푸른 종소리에 피는
새벽바다 안개꽃

빗방울 사이 나비수염 외 2편

거미집 같은 우산 접을 때
벽면에 붙은 나뭇잎이
오징어 지느러미 뽀얀 간을 털어내듯
베네치아에서 온 레드와인 병을 따개하고 있다
눈먼 그가
물바람 웃음이 닿는 입술 가까이로
클로즈업시키고 있다
그 작은 섬 골짜기 물소리가 난다면서

입술에 묻은 치즈가
빗방울 사이마저 유혹하려다

차영한

통영 출신. 경상국립대학교 인문대학 국어국문학과 출강 다년간 역임
월간《시문학》추천 완료 등단(1978.10(통권 87호)~1979.07(통권 96호))
및 동지 통권 484호에 문학평론부문 당선, 시와 평론 활동 겸함
단행본시집 17권. 단행본 평론집 3권. 수상록 1권 출간
제24회 시문학상 본상 수상. 제6회 경남 시문힉상 본상 수상

미월(眉月)에 들킨 한숨
양미(揚眉)를 트리밍하는 옴므파탈 기질
물로 자르는 강철을 연상하면서
부나방 떨어대듯 우산을 펼 때
윗입술 반쯤 뒤집혀지도록 오는 시비
호방하게 웃어대는 건들비

껄끄럽게 구레나룻 숲까지 흔들어
초미(焦眉)의 순간 땀방울들도
떨어지게 한다 꽃무늬 위에 불 지피는
아웃도어 웃음이 레드와인 마시고 있다

열매를 보는 눈빛

간혹 무엇이 우리의 뼈다귀에서
아려오도록 소리 없는 망치질 계속

욕망과 노동을 헷갈리게 두드려댄다

불빛이 휘말리도록
도플갱어 그림자 몸살 앓는 소용돌이
검붉은 빛깔에 타는 결핍 때문일까

모자라는 우리들의 끄트머리가 닿는 소리
퇴색된 민속품마저 우연히 동물원의 구석에서

만나는 그 아날로그 본능
지금은 동의하고 싶지 않지만 그냥 묵과는
영원한 내 몫의 긍정적 상처라고?

낙과의 순간마저도 눈감아 지나쳐버리는
백색경계에 선 자들 너무 많나니

나무 뒤에 숨는 그림자

숲에서 만난 고독을
자기 몸인 양
외상(外傷)으로 드러내 보여 주는

검은 나뭇가지의 빛살이
변화는 방향 언덕에
마주 서는 또 하나의 거대한 괴물
저 그림자

"금발의 야수(Blond beast)"를
싫어하는 니체

어! 아는가, 보는 관점은
변절이 아닌, 내려오는 어떤
고루한 문법보다 더 어른대는

잔영으로 남은 차별성 지금도
나뭇잎만 으스러지면서
검은 웃음 머금은 그대로네
숨겨온 대접 더 이상

경멸치 않아야 속이지 않는
성경 속의 넝쿨언어들
과감히 삼제하고 걷어 내야
외부세계에 있을 수 있는
가장 나약한 우리를 볼 수 있네

원시적인 심리를
탈피해야만 온전한 감각을
만날 수 있네 그 무서운 차별성으로
나무 뒤에 숨는 우리네
얼굴 반쯤 보일 수밖에

벽, 멈추어 서 버린 그 곳 외2편

— 하관*

차마 헤어질 수가 없다.

눈길 꽃상여를 따라가다 따라가다

멈추어 서 버린

그 곳, ─싸르륵

첫 흙을 던지는 캄캄한 일순

벽이 보인다.

이승과 저승 사이의 냉정한

벽, ─싸르륵! 싸륵! 싸륵!

덮는 핏빛 흙

오진현(오남구, 1946-2010)

《시문학》으로 추천 완료되어 등단(1973-1975)
시집 : 『東津江月令』(1975년), 『草民』(1981년 『脫觀念』(1988년), 『딸아 시를 말
하자』(2000년), 『첫 나비, 아름다운 의미의 비행』(2001년), 『빈자리χ』(2008)
시선집 : 『동학시』(1994)
시론집 : 『꽃의 문답법』(1999년), 『이상의 디지털리즘』(2005년)
수상 : 제3회 '詩와 意識賞'(1990년), 제26회 '詩文學賞'(2001년)

덮는 눈발
삭풍 소리 억새칼잎 소리 소리란 소리
세상의 차가운 것들
덮어서 쌓여서 솟은
이쁘게 만들어서 더 슬픈 봉분
새삼 보는 벽이다. 벽

더는 따라갈 수가 없고 멈추어
서 버린 그 곳, ─싸륵! 싸륵!
간 발자국을 되밟아서 오는 우리
흰옷 머리 숙여 눈 쌓이고
말들 잃은 채
눈 위에 그린 한 폭 수묵화다.

* 하관 : 모친의 하관식.

푸른 가시 짐승

— 빈자리x

간밤, 회색 담장 '회색'을 헐고 푸른 울타리 '푸른'을 세웠다 반짝이는 인동의 사금파리 '반짝'을 빼고 가시장미 '가시'를 올렸다 갑자기 '푸른가시' 짐승이 나와서 달빛을 갈가리 찢고 온밤을 으르렁댔다 다시 '푸른'을 밀고 가시장미 '가시'를 내리고 비워 둔 빈자리x, 아침, 울타리에 구름 한 쪼각 앉아서 쫑긋 꼬리를 들었다가 사라진다

노자의 벌레

그날, 실실 오는 봄비! 우리 집 장미 울타리를 넘어 울음이 된다. —아침 산책길— 앵봉산 기슭 보라연무가 꿈틀꿈틀, 긴 두루마리 화장지를 풀어 눈앞에 걸쳐 오솔길을 놓는다. 벌써 점심 예불인가, 따악 딱 딱 딱 딱... 청딱따구리가 목탁을 친다. 딱딱 치는 소리가 내 무거운 발걸음을 잡아끈다. —거울 속이다— 연무 속 또 하나의 내가 가뿐가뿐 걷고 있다. 등 뒤에 봄비의 울음을 파릇이 놓고 통증도 다 내려놓고 딱딱 소리가 이끄는 대로 연무 속 빠져든다. 갑자기 기침 소리가 난다. 앞서가던 내가 비척비척 뒤따르는 껍데기 나를 본다. —화면 클로즈업— 딱따구리가 쪼아댄 푹 파인 고목, 그 곁에 가늘게 흔들리고 서 있는 떡갈나무 가지에 열심히 기어가는 벌레 한 마리가 보인다. —노자의 벌레, 신선일까?— 달콤하고 연한 향기가 나는 잎 방향으로 간다. 그 옆을 비척걸음으로 허리를 구부려 열심히 가는 내가 보인다. 향기로운 다슬기탕이 있는 서오릉 방향으로 간다. 두 마리 자연속의 벌레,

단테와 베아트리체의 만남 외 2편

신학에 인간의 철학을 접목시키려 노력하였던 토마스
아퀴나스는 「신학대전」 집필을 시작하던 무렵에

이탈리아 르네상스의 중심지인 피란체에서 알레기에리
단테가 귀족혈통으로 탄생했으나 집안은 몰락하고 어머니
마저 어린나이에 잃었다

아홉 살 되던 때 한 살 아래인 베아트리체를 만나고 18세
나이에 다시 만나 사랑하게 되었고 그 무렵 아버지의 사망
과 산타크로체 수도원에서 문법, 논리학, 음악, 기하학을 익
히기 시작하였다

정연덕

홍익대학교, 고려대 교육대학원 졸업
월간 《詩文學》 천료(1976)
시집 : 「달래江」「흘러가는 산」「고욤나무 풍장에 들다」 등 12권
수상 : 한국PEN문학상, 한국예총예술상공로상, 목련문화예술상, 홍조근정훈장
한국시문학회장, 현대시인협회 부이사장 역임
서울 용산중학교장, 교육부국제교육진흥원교수(겸임) 역임

베아트리체의 죽음으로 사랑은 끝나고 단테의 첫 시집 「新生」 속에 그녀의 예찬으로 되살아나 죽기 직전 「神曲」이란 천국 편에서

　베아트리체가 자신을 천국으로 이끄는 안내자로 등장시켜 아홉 살과 열여덟 살에 두 번밖에 못 본 여인을 못 잊어 불행한 자기 인생의 등불로 삼았다

　단테는 「神曲」의 구성을 3배수로, 기독교의 성부·성자·성신의 삼위일체성을 강조한 상징으로 지옥, 연옥, 천당의 3부를 기본주제로 각 계界는 다시 33장씩 총 99장에 서장을 포함시켜 총 100장으로 구성

　중세 문학형식에 등장하는 알레고리기법은 단순한 현상의 표면적 묘사보다 한층 깊고 풍부한 의미전달의 수단으로 작용하여　대단한 위력을 발현하곤 하였다

　성서의 가르침이 알레고리형식으로 특히 요한계시록은 그 형식의 전형을 볼 수 있다 중세의 알레고리 대표작이 단테의 「神曲」이라 하겠다

* 알레고리(Allegory): 우회적으로 빗대어 표현하는 은유(Metaphor) 기법과 비슷하지만 은유(隱喩)가 단어나 문장에 국한하여 단편적으로 사용되는 반면, 알레고리는 작품 전면에 총체적으로 사용되고 있다.

네팔의 바람 신들의 노래

네팔의 아침은 까마귀 떼들의
요란한 울부짖음으로 시작되다

군주가 존속하는 대부분의 땅
고궁과 사찰에서 박물관 거리에

카트만두의 시민들이 운집되고
카스트제도에 묶여 신들을 부르다

다원주의적 범신론자들은 에베레스트
마나슬루 안나푸르나 설산을 타고

넘나드는 산을 타고 바람을 풍겨
창틀에서 여신 꾸마리 흉내를 내다

종일 빗물을 보태고 있는 난민들
주권 없는 족속의 비애가 묻어나다

* 여신 꾸마리: 네팔의 힌두교와 불교도에 살아있는 어린 여신으로
  숭배된다. 네팔어로 처녀란 뜻

보릿고개 애환 간직한 두견새

두견새는 생의 애환을 담고 있는 새다

보릿고개를 타던 그 옛날 시어머니가 며느리는 굶기고 자기 딸에게 음식을 챙겨 먹였다

며느리는 피를 토하며 굶어 죽고 말았는데 그 후로 마을 앞동산에서 두견새가 나타나 매일같이 구슬프게 울었다

소쩍새가 우리 생활과 연관되는 새들에서 점점 멀어지고 있다

새가 "소쩍소쩍"하고 울면 그 해엔 풍년이 들고 "소탱소탱"하면서 울면 흉년이 든다고

"소쩍"은 음식을 담을 '솥이 적다'는 뜻으로 먹을거리가 푸짐하다는 이야기로 풍년이 든다고 믿었다

"소탱"은 '솥이 텅 빈다'는 뜻으로 받아들여 흉년을 예고하는 것으로 받아들였다

이처럼 옛사람은 두견새나 소쩍새를 같은 새로 여겼다

실제로 두견새는 뻐꾸기과에 속하며 낮에만 활동하고 소쩍새는 올빼미과에 속하는 새로 야행성이라

낮에는 마을 근처 느티나무에서 하루 종일 두견새가 울

143

어대다 밤이면 소쩍새가 울어댔으니까 그렇게 생각했음직
하다

두견새 같은 뻐꾸기 무리의 특징은 알을 품지 않는다 숲
새, 산솔새, 휘파람새 등의 둥지에서 자기 새끼를 부화시킨
다

두견새도 소쩍새도 그 모습을 볼 수 없고 그 울음소리도
들을 수 없는 세상에 언제까지 사람들만 살아가고 있을까

그리워라 시골길 외 2편

멀리 벋어나간 길을 보면
누군가가 그냥 그립다

저녁놀 붉게 물든 길을 보면
옛사람이 생각나 서럽다

바람 부는 언덕에 홀로 선 소나무
그대는 생각이 깊고 따뜻했지

대들보와 서까래를 떠받치는 기둥이었지
내 마음속 어둠 그 별빛이었지

조석구(趙石九)

경기 오산 출생(1940)
고려대 국문학과 졸업, 문학평론가 문학박사
《시문학》 천료(1983)
시집 : 『우울한 상징』, 『바이올린 마을』, 『붉은 수레바퀴』,
『내 마음의 지평선』, 『석죽화 농담』, 『거리의 성당』 등 15권

감자꽃

유년시절 아침 조회 시간
무슨 기념일이었던가 교장 선생님 말씀
오늘이 무슨 날인지 아는 사람
복례가 손을 번쩍 들었지
저희집 감자 캐는 날이어요

잎새들의 세상인 유월이 와서
초록이 저렇게 성을 쌓는데
감자꽃 블라우스를 입고 싶다던 복례는
지금 이 세상 어디서 시린 강물을 긷고
젖은 나무에 불을 지필까

부분이 전체에게

　책과 신문을 자꾸만 멀리 보게 되더니 마흔다섯에 접어들어 드디어 안경을 쓰게 되었다 안과의사는 나에게 말했다 노안이라고 했다 원시가 되었다고 했다 원시는 나에게 말했다 가까운 앞만 보지 말고 멀리 넓게 보라고 했다 그동안 근시로 얼마나 많은 편견과 편협 속에 살아왔느냐고 했다 나잇값을 하라고 했다 작은 글씨가 안 보이고 큰 글씨만 보이는 것은 쩨쩨하고 시시하게 살지 말고 선이 굵고 크게 살라는 것이라고 했다 부분만 보지 말고 전체를 보라는 뜻이라고 했다 세상을 부정적으로만 보지 말고 긍정적으로 보라는 뜻이라고 힘주어 말했다

시선(詩仙)이 되어 오시다 외 2편

시인들이 모여 있는 방으로

흰 머리칼을 날리며 환하게

문덕수 선생님이 들어오셨다

깨끗한 하얀 모시 두루마기를 입고 있다

나는 반가워서 일어나 인사 하며

두 손으로 선생님 손을 잡으니

그동안 왜 통 보이지 않았느냐고

나에게 따지듯 물었다

자리를 잡고 앉으며 다시 바라보니

맑고 밝은 얼굴은 분홍빛으로 빛났다

김종희

충북 청주 출생. 연세대학 영문과졸업
월간 《시문학》으로 등단(1982~1983)
현대시인협회 지도위원, 한국문인협회 마포지회 고문(회장역임)
국제PEN한국본부 자문위원, 기독시인협회 자문위원
한국여성문학인회 자문위원
시집 : 『이 세상 끝날까지』 『S부인은 넘어지다』 등
영시집 : 『Adam Is Sad』 『김종희시선집』
수상 : 시문학상, 크리스천문학상, 영랑문학상, 세계시문학상

그런데 선생님은 나를 똑바로 보고
이제부터 시에 대하여
새로운 만남의 역사를 쓸 수 있다고 했다
나도 이제는 할 수 있는 준비가 돼 있다고 말했다
왠지 마음속에서 좋은 감정이 솟구쳐 올랐다

꿈에서 깨어나니 새벽이다
시선(詩仙)이 되신 선생님은
우둔한 나를 일깨우러 오신 것이다
그러나 살아계실 때 그 마음 헤아리지 못한 나,
어리석은 나를 자책(自責) 하다

나는 사물화된 에너지 묶음입니다

우주 에너지 진동 속에 있는 나
또한 에너지입니다
살 곳을 찾아 흐르는
사물화된 에너지 묶음입니다
에너지는 원자로 되어 있습니다
그것은 모든 물질적 현실에 스며있으며
절대로 없어지거나 파괴될 수 없습니다
한 모양에서 다른 모양으로 옮겨갈 뿐
어떤 모양에 들어가 있건
에너지는 항상 에너지입니다
그리므로 니는
지금 내 삶이 따르고 있는
부모로부터 물려받은 유전정보,
태어나면서 죽음에 이르기까지
나의 생명현상을 결정짓는
DNA 에너지 패턴대로
나의 삶을 꽃피우다 접힐 것입니다

머나 먼 우리들의 고향

어린 시절 한여름 밤에
평상(平床)에 누워서 바라보던
별들이 초롱초롱 빛나며 반짝이던
그 맑고 신비로운 밤하늘이
생명의 원소들이 여물어 가는
머나 먼 별들의 정원인 것을
머나 먼 우리들의 고향인 것을
그 정원에서 수학한 열매들로
우리가 이루어졌다는 것을
80여 년이 지난 오늘, 지금 알았다

하늘 저울 외 2편

성경을 읽거나

기도를 하거나

글을 쓰거나

독서를 하거나

강의를 하거나

외국어 공부라도 하는 것과

마당에 엎드려

잡초를 뽑거나

서재 바닥 얼룩을 닦거나

설거지를 하거나

이불을 햇살에 널어놓는 따위

혹은 마당의 일벌들을 돌봐 주는

이상옥

월간 《시문학》 등단(1989)
시집 : 『하늘 저울』 외
수상 : 유심작품상, 편운문학상 등
창신대학교 명예교수

해도 되고 안 해도 되는 일처럼

보이는 것이

씨줄과 날줄로 짜인

영혼과 육체 한 덩이의 생이라면

말이다

정녕

전자가 무겁고 후자가 가볍다?

글쎄,

근자

후자에게로 마음이 자꾸 기울어 간다

아무 이유나 조건 같은 건 없었고

단지 길강아지 복실이와 마을 앞 하천 둑길

몇 번 산책했을 뿐이다

유리그릇에 관한 명상

얼마나 깨어지기 쉬운 그릇이냐
현미경으로 비추면 실금으로 가득할 그대여
매일 새 금이 죽죽 그어지고 있는 그대여
펄벅이 '슬픔을 안고 살아가는 방법'을 운위할 때
사람들은 더러 '성숙'이라는 고상한
테제(These)를 투영하기도 하더라만
뭐라고 하든 아직 지탱하고 있는 것이 고마워라
슬픔 몸으로 오늘 하루를 건너고 있는 것이 고마워라
언젠가 깨어져 쏟아질
그 몸으로
생각하고
시를 쓰고
아이의 아비고
노모의 아들이다
아직, 흩어질 수 없어 단단히 죄는 불안한 몸이여

그리운 외뿔

"무소의 뿔처럼 혼자서 가라"
불교 최초 경전 숫타니파타에 나오는 구절이다
무소는 다름 아닌 인도 코뿔소다
아프리카코뿔소는 뿔이 두 개지만
인도코뿔소는 정신의 뿔을 베어버리고
육체의 뿔 달랑 하나다
무리 짓지 않고
혼자서 길 가는 외뿔이다

아, 나는 너무 관념주의자다

문덕수 시인의 추억 외 2편

검은 눈썹을 아래위로 움찔거리면서
담배 필터를 연신 씹어 돌리면서
쉼 없이 펜을 움직이고 있었다.
서대문 로터리 부근 좁은 사무실
성문각에서 인수한 〈시문학〉사에서
시인으로 처음 만난 그 모습처럼
어느 곳 사무실에서 언제나 뵐 때면
필터를 물고 줄담배를 피우면서
여전히 쉼 없이 무언가를 부지런히
읽고 쓰기에 늘 바쁜 모습이었다.
인생 분수령 후두암 고개를 넘고부터

최진연

《시문학》 추천 등단(1973)
시집 : 『龍浦洞 一泊』(1977) 이후 현재(2022) 23권 출간
서사시극 : 『평화를 위한 새 사랑 노래』 등 2권 출간
에세이집 5, 문학평론집 1, 영역시집 『Long Shadows of Sufferings』 등 2,
일역 서사시극과 에세이집 각 1권 출간
Anthology 〈Fresh Words〉 〈Literature Today〉 〈The Muse〉 member
시문학상 외

줄담배 피는 모습은 뵐 수 없으나
여전히 부지런한 독서와 글쓰기
그 열정을 배우라 모습으로 말했다.
시집, 논저, 수필집 등 저서 35권
그밖에 편저들과 14권의 번역시집들
특히 문학사에 길이 빛날 『우체부』
세계적 시인으로 큰상 수상을 기대했다.
존경과 사랑으로 모셔 온 큰 스승
님의 뒤 따르기를 원하는 제자라면
여생에 그리 일해도 부족하리다.
영원히 기뻐하며 감사하게 된 것은
구주 예수를 믿고 세례를 받으셨다니
천국 영생을 함께 누리게 됨이다.

천국 시민증

이 세상을 떠날 때
저 세상에 가져갈 수 있는
오직 한 가지가 있다네.
성령께서 성도의 하얀 심령에
예수 이름의 피 도장을 찍은
천국 시민증뿐이라네.
그건 백화점 할인판매 때
아귀다툼하는 물건과는 물론
원정 출산으로 얻게 한다는
미국 시민증과 견줄 수 없는
영원한 생명의 보화라네.
예수의 살과 피를 먹음*으로
살아난 사람 아닌 그 누구라도
이 세상에서 가져갈 수 없는
온 세상보다 귀중한 단 한 가지
성령께서 하얀 성도의 심령에
예수 이름의 피 도장을 찍은
천국 시민증뿐이라네.

* 요한복음 6장53, 54절 인유(引喩).

눈인지 비인지 눈비인지

눈인지 비인지 눈비인지
시간은 어디로 가는지 오는지
스케치북에 꼬마들 빗금 긋듯이
빗겨 날리며 가는지 오는지
흐린 유리창을 더 흐리게 부딪는
미세한 비명 들리는 듯 아닌 듯
탐욕에 미친 푸틴은 아직도 살아 있는지
쿠데타는 아직도 성공하지 못했는지
멀리멀리 쫓겨난 평화의 나라
눈인지 비인지에 손이 곱은 나무들 같은
두려움에 떠는 우크라이나 아이들
빵도 포도주도 없는 죽음의 세례를 받는
추위와 굶주림에 떨고 있는 어른들
뜨끈뜨끈한 한국의 국밥은 먹었는지
저 악마의 얼굴이 어른거리는 유리창에
피 흘리며 죽어가는 얼굴들을 부딪는
눈인지 비인지 눈비인지
포탄들이 눈발 빗발치는 하늘은
미친 독재자의 스케치북인지

시문학상 제31회(2006) 수상자 **양병호**

고전주의 외 2편

갓끈 단단히 여민 선비

풀 먹여 빳빳이 다림질한

옥양목 두루마기 자락

표표히 바람을 가르며

울퉁불퉁한 세상을 직진한다

삼강오륜의 법도

꼬장꼬장 따져가며

사람의 도리 찾아 밤새 서책을 뒤적인다

기울고 비틀어진 인간사에

하늘이 곧 사람이라는 경구를 새기며

이따금 놋쇠재떨이 탕 탕 두들긴다

개다리소반에 과반을 경계하고

잠든 식솔들 이불깃 다독이며

양병호

현) 전북대학교 국문과 교수
저서: 『한국현대시의 인지시학적 이해』 외 다수
시집: 『시간의 공터』 외 다수

계절의 흐름을 따라 전전반측한다
싸리울 너머 가물거리는 별빛을 바라
우주를 꿰뚫는 눈빛 형형하다
난분분 꽃이 지고
멀리 소쩍새 우는
지상의 귀퉁이에
서늘한 선비 꼿꼿이 좌정하고 있다

낭만주의

바람이 불어온다
　　일진광풍이 좌충우돌 모조리 무너뜨리기 위하여 사
육제를 벌인다
　　어디 감히 서 있느냐고 부러뜨리기 위하여 망나니의 춤
을 춘다
　　　　권태로운 하루
　　무료한 일상의 엉덩이에
　　　　　　함부로 비틀비틀 몽혼주사 놓아버린다
　　내 인생은 나의 것
　　　　　룰루랄라 경쾌하게 스텝을 밟아야지
　　어차피 빙글빙글 돌아가는 인생
　　　　　　　생각이 부는 대로
　　느낌이 회오리치는 대로
　　　　　비몽사몽 돌고 도는 거야
　　　　　　　무대는 너덜너덜 낡고 닳아질 뿐이야
바람이 분다
　　　　녹슬고 굳어가는 기성의 각질을 후려치며
　　　　표준이며
　　강령이며
　　　　정전들을
　　　　　　싸대기 갈기며

향방도 없이

내 생각대로

네 생각대로

허청허청 오늘만이 꿈틀대는

지상의 자욱한 먼지 속으로

새로운 먼지를 꿈꾸며

꼴깍 노을이 사래 들리는 세상에

바람이 불어간다

사실주의

사실, 말하자면,
음, 그러니까, 거 뭐시더라

사실은 오해의 저수지지 뭐
사실은 진실을 향한 교두보랄까
꼭꼭 숨어라, 숨바꼭질하며 술래가
찾아내는 머리카락 정도겠지
요즘은 물론 DNA 검사로
99.999999999% 확률을 자랑한다지만
사실은 거짓을 정련하는 제철소인 거야
아니 사실은 거짓을 배경으로 살아가지
사실은 경극단의 변검술이라 할 수 있어
사실은 기상기후에 겁나게 예민해
일기에 따라 옷을 바꿔 입는 거야
어쩌면 사실은 거짓과 비빔 되어 있지
뒤섞인 혼돈지경이 곧 사실인 거야
사실의 몽상, 환상의 사실
비몽사몽의 삶이 사실이라 주장해 봐
꼭 팩트 체크하자고 덤빌 거야
압수수색 불가한 그 미망의 정체에 대하여
언제든 포획되지 않는 사실의 부재에 대하여

사실대로 말하자면,
아무리 생각해도, 사실은 거시기여

팽이 외 2편

명령을 거역하지 않는
충직한 사병처럼
맞아도 빗나가지 않고
제 방향으로
돌고 있는 옹골진 모습

때려도 쓰러지지 않는 채
차가운 빙판에서도
현란한 꿈을 간직한 채
지칠 줄 모르면서

강정화

월간 《시문학》 등단(1984)
시집 : 『우물에 관한 명상』 외 13권
산문집 : 『새벽을 열면』 외 2권
수상 : 시문학상, 대한만국 예술문화 대상
한국문인협회 시분과 회장
한국문인산악회 회장
현)한국문인협회 부이사장

돌고 도는 야무진 모습
잦아 올리는 회초리 끝
묻어나는 뜨거운 전율로
때리지 않아도
돌아가는 신기로운 끼

얼음 위에서
몇 번씩 혼절하다가
스스로 시험해 가며
설 수 있는 지점까지
버티어 나가는 저 결기

아무래도 예사 넋이 아닌가 보다

묵언 중인 바람

그대 선비 중 선비로 부르리
아니 한량이라 불러도 어쩔지
아니 풍신(神)이라 함이 옳을 것 같소
저잣거리 풍물패거리에 외눈 팔지 않고
제 속의 환란에도 흔들리지 않으며
신기루 찾아 구만리 떠나는 성자이듯
높은 벽도 벽으로 보지 않고
수없는 문을 여닫으면서도 주춤거리지 않고
잠시도 쉬는 법 없이 수행하듯 길 떠나는
한 점 애착에도 흔들리지 않고
한순간 전갈이 발목 잡아도
비단뱀이 혀를 날름거려도
길 없는 길 만들어 가며 전신을 바쳐
사막 위를 쉼 없이 드나들며
모래 언덕에 새겨둔 수많은 불립문자
어느새 해독하고선 또다시 길 떠나는
끝없는 수행 어디쯤에서 쉬었다 가실 건가요,

누에의 여정

가도 가도 끝닿지 않는 길
한없는 초록 길 기어서 간다
앞도 뒤도 길 위는 온통 초록빛
벌거벗고 지나온 길은 지워져도
부끄러움은 골수에 남아 욱신거리고
되돌아갈 곳은 어디에도 없지만
한 치의 실수조차 용납되지 않는 멍울
노역의 일상 탈출할 수 없는 나날
목숨을 담보하는 힘겨운 반복으로
푸르른 휴식 얻기 위한 몸부림
가슴에 품은 하나뿐인 욕망
이루어 간다는 게 수월할 리 없지만
이제 한 맺힌 실 남김없이 풀어 놓고
하늘 아래 한 점 부끄럽지 않은
빈껍데기 나방으로 바람 따라가리라.

몸속으로 흐르는 시간 외 2편

나는 초침소리이다
혈관 속으로 흘러 들어가선
체내에서 맥박소리로 변해가는
심장의 울림이다

나의 육감은 시계바늘이다
하루 24시간을 자전하는
지구의 표면 위에서
생체시계 되어 책각거리는 리듬이다

나는 달력이다

최규철

월간 《시문학》으로 등단
장로회 신학대학교 대학원
영신교회(서울) 원로목사
한국형이상시회 회장
한국크리스천문학가협회 회장 역임

해의 둘레를 따라
공전하는 지구의 한 해를
한 달 한 달 몸을 찢고 가는 세월이다

나의 영혼은 해시계이다
햇살이 피가 되어
몸속에서 영감으로 돌아가는
해그림자이며
형체 없이 투명해져 가는 영생의 눈금이다

태양에서 울리는 종소리

태양에서 울리는 종소리는
찬란한 빛깔로 채색되어
세상은 한 폭의 천국 그림으로 살아난다

둥글게 둥글게 파문이 이는
하늘의 황금물결로
먼지 낀 도시의 일상이 씻기고

빛바랜 거리의 큰 인파도
쏟아지는 빛발 속에서
일제히 소생하며 꿈틀거린다

태양에서 울리는 종소리는
영원한 심장으로부터
대기층의 무수한 모세혈관을 타고
몸속으로 흘러 들어와
뜨거운 피로 가슴을 덥힌다

언젠가 태양이 탄일종처럼 흔들리며
귀로 들리는 종소리가 될 때
우리 몸도 함께 공명하는
커다란 종이 되어 세상을 깨운다

몸속에 지구가 있다

몸속에 지구가 들어 있다
모든 길은 심장으로 나 있고
심박동 소리로 조율된 세계는
이 길 따라 한 몸으로 엮여진다

동서를 잇는 동맥과 정맥이
주야로 실크로드를 열어
글로벌 시대의 신진대사를 이룬다

지구가 자꾸 물을 마신다
지구의 70%를 물로 채운 바다, 그 급한 조류로
멀미가 난 고기 떼들이 해저로 숨는다
인체의 70%나 되는 수분은 바닷물보다 깊다

밥을 먹는다
음식을 고루고루 섭취하여
아프리카 오지까지 피를 돌게 한다
피는 하트만큼 세계를 바꾼다

유산소운동을 한다
지구의 혈액순환, 그 모든 길은

심장으로 나 있고
보기에 좋은 영원한 나라로 이어진다

시문학상 제33회(2008) 수상자 **김문희**

사막의 파피꽃들 외 2편

타향에서는 봄비도 인색하였다

이 봄 다 가도록 잠깐씩 뿌리고 가는 봄비

사막에서는 그 틈에 겨우 몸 적신 파피꽃들이

다투어 피었다 이른 토요일 아침, 드라이브로 나와 본

사막의 들녘은 울어서 후련한 마음처럼

비 뿌린 능선들 젖어서 싱그럽다 인색한 봄비에도

모두 아침 햇빛처럼 웃음으로 피어나는 파피꽃들

사는 일이 모두 사막을 건너는 일인 것을 아는 사람들은

능선을 자욱히 덮은 파피꽃들을 기쁨으로만 보지 못한다

이렇게 잠시 꽃피기 위하여 오랜 갈증 넘어온 세월

김문희

《시문학》으로 등단(1987), 《한국수필》로 등단(1986)
시집 : 『깊어지는 마음』 등 7편
수필집 : 『파피꽃 언덕』 등 4권
수상 : 영랑문학상본상, 해외소월문학상, 제33회 시문학상, 미주펜문학상,
미주한국문학상 등 다수
미주크리스찬 문협회장, 이사장, 재미시협회장, 이사장
국제펜미서부지역지원회회장 역임, 현재 〈미국 LA 작가의 집〉 이사장

봄비 한 자락 끝에서 사막을 환상의 들녘으로 바꾸어 주
고도
이 기쁨들 환상처럼 지고 나면 또 오랜 목마름으로
살아야 하겠지 한때 꽃으로 피던 때가 있었지만 지금은
천지에 가득한 파피꽃들 속에서도 왜 이다지 쓸쓸한지
봄비 지난 사막 언덕에서 벌써 목마른 사람들이 있다
봄비도 인색한 타향에서는
눈물비 한 자락 스쳐 간 언덕에 서서
어쩌리, 젖어서 피는 자욱한 슬픔도 있다

낯선 길

살아갈수록 길은 낯설다
뒤를 돌아다보면 추억은 굽이진 길 뒤로 몸을 숨기고 있
다

걸을 때마다 앞길은 끊어져 있었고
끊어진 길을 잇다가 보면 뒷길도 끊어져 있다

문득 길의 끝이 바다에 묻힐 때
먼 수평선에 닿을 수 없는 길이 보였고
닿을 수 없는 길이 산에 갇혀 있을 때
깜깜한 동굴에 몸을 감추는 길의 옷깃이 보였다

사는 일에는 원래 준비된 길이란 없었고
걸음마다 새로 길이 생겨 내 그림자를 받쳐 주었다
그림자의 시작에서 한 발자국씩 열리던 길

사는 것이 낯설수록
길은 여기저기 성급하게 꺾여 있다가
오래 걸어 허리가 아플 때쯤에야

아름답고 슬펐던 길의

긴 방황이 몸져누운 게 보인다

삶이 짧을수록 낯선 길은 멀다
뒤돌아보지 말라고
꿈이 언제나 낯선 길 앞에 몸을 드러내고 있다.

저문 강

흘러서 가는 것들은
아무것도 붙들지 못해서 물처럼
흐느끼는 것들 뿐이구나
그 흐느낌에 몸을 맡기는
마른 낙엽들 뿐이구나
물에 몸을 맡겨도 끝내 젖지 못하는
새털구름들 뿐이구나

쓸쓸한 저녁 한 때를 하늘은
수면에 내려앉아서 잔잔히 몸을 쪼개 흐르고
저녁노을을 쏠던 미루나무는 어두운 그림자로
저문 강에 몸을 던져 풀어지며 흐르는구나

저물면 모든 것이 저마다의 색깔을 버리고
한가지 그림자로 몸을 섞어 흐르는데
저녁 새 몇 마리 돌팔매 끝으로 날았다가
그림자로 쌓인 숲으로 떨어질 뿐

흘러도 다 흐르지 못하여 늦도록 흐르는
저문 강이 아니야, 우리는

글자 외 2편

크고 또렷하게 쓴 ○자
해바라기는 이 한 자에 일생을 바친다
해를 간절히 사모하면 해 모양을 한 글자가 몸에서 나올까
어떻게 보면 그림 같고
상형문자 같아서
그 글자가 어떤 뜻의 글자인지 알 수 없다
해만 읽어주면 된다고
하늘에서 읽기 좋은 위치에 써놓은 ○자
언뜻 보면 한 자지만
자세히 보면 여러 자, 한 권의 책이다

점자책을 읽듯이 해가 한 자 한 자 손으로 짚어가며 읽는다
얼마나 여러 번 읽었는지 손때까지 묻었다

권숙월

경북 김천 출생. 《시문학》 추천완료(1979)
시집 : 『하늘 입』 『가둔 말』 『금빛 웃음』 등 15권
수상 : 시문학상, 매계문학상, 경상북도문화상, 경북예술상, 김천시문화상 등
한국문인협회 김천지부장, 한국문인협회 경상북도지회장 역임
김천문화원과 백수문학관에서 시창작 강의, 새김천신문 편집국장

민들레 방점

민들레는 책벌레다 바람의 글씨, 물의 문장, 구름의 책 언제 다 읽어내려는지 시험공부 하듯이 중요한 대목마다 방점을 찍어간다 그의 오래된 꿈은 하늘의 백과사전에 방점을 찍어보는 것이지 아기별들과 밤새워 사전 속 온갖 사연들을 읽는 것이지 부푼 꿈 이루려 날개를 달아보지만 아직은 머나먼 기다림이다 봄이 펼쳐놓은 이야기책에 방점을 찍는 밤이면 그 기다림은 조금씩 조금씩 다가서 온다

가을날 코스모스

선생님 아프다는 소식에 가슴이 철렁했다 웃으시는 모습까지 코스모스 꽃을 연상시키는 김규화 선생님이 폐암 3기라니, 1971년 창간된 『시문학』을 1977년 인수해 매월 한 호도 거르지 않고 발행(2022년 9월 통권 614호)하시느라 너무 힘들어서일까 이태 전 문덕수 교수님께서 눈을 감으시어서일까 "선생님은 아프면 안 되잖아요" 전화에 "치료 잘받을게요"하는 말씀이 말을 이을 수 없게 한다 쉬지 않고날마다 출근하신다는 선생님, 가을날 코스모스 같은 시를쓰니 건강 되찾는 건 시간문제이겠지 시에 빠져 살도록 이끌어 주신 선생님이 자꾸만 보고 싶다

＊ 1939년 전남 승주에서 출생한 김규화 선생님은 2023년 2월 12일 별세하셨다. 『시문학』 2023년 2월호(통권 619호)를 만들고 손을 놓으시어 종간되었다.

중얼거리는 꽃 외 2편

면도칼이 녹아내리는 문장 뒤에 서 본 적이 있나?
언제부턴가, 그 방은 파지가 쌓이기 시작했어
알 껍질을 깨고 프린터에서 빠져나오는
꽃이 중얼거린다

너의 이마에 찍힌 번호
도마뱀의 잘린 꼬리 같았지

나는 몽유병에 걸린 듯 단어를 찾아다녔지
사라진 천재들이 내 머리칼을 잡아당길 때
처음 듣는 낱말의 침전물이 부유한다

위상진

월간《시문학》으로 등단(1993)
시집 : 『햇살로 실뜨기』 『그믐달 마돈나』 『시계수선공은 시간을 보지 않는다』 등
수상 : 푸른시학상, 시문학상, PEN 문학상
2011, 2019년 서울문화재단 문학 창작집 발간 지원 받음
2020, ARCO 문학나눔 도서 선정

뼈대가 부서진 소조 같은 문장
발가벗은 사람들은 연필로 그려진
도시를 지나며 아무 말도 흘리지 않았어

우린 범종에 긴 불협화음처럼
같은 책을 들고 다른 페이지를 뒤적였지
의심에 맨 끝에 도착하지는 못했어
충혈된 시계 위로 폭설처럼
쏟아져 내리는 파지

누가 녹아내리는 면도칼의 문장을 알아챌 수 있을까?
1초도 자기 자신을 낭비하지 않는 시간처럼
바스락거리는 이파리 소리

도무지 닫히지 않는 귀 하나, 여기 있다

푸른 지우개

녹아버린 선인장 꽃을 뽑아냈다
내 안에 은닉되어 있는 불온한 꿈이 메워진다

바람결에 넘겨진 책갈피에 숨어들 듯
그의 죽음은 생각보다
복잡하지 않았다 오래 살아남은
그의 손목시계

너는 어디에나 있고 어디에도 있지 않은
야수파의 얼굴 우린 자주 떠났었지
너의 말 냄새는 싱크대에서
산책길에서 튀어나오고
헹궈내도 남아있는 물의 얼룩

우린 왜 그렇게 많은 시간을
약속을 깨는 데 익숙해져야 했는지
모래가 흘러내리는 시계 뒤에서
선인장 가시는 계속 자라고 있었나 보다

취기처럼 비틀거리며
사랑할 때와 사랑받을 때의 파일은

서로 다르게 고쳐 쓰는 중이어서
더 길어지거나
더 짧아지거나

누군가 나를 점수 매기고 있다
누군가 지워지고 있다
금욕의 냄새 물씬한 푸른 별에서
몰인정한 시계 바늘 끝에서

시계 수선공은 시간을 보지 않는다

그는 시간의 습성을 찾는 중이다
어둠의 부속을 핀셋으로 집어낸다
바늘만 보일 뿐
대못에 꽂혀있는 전표 같은 시간

멈춰버린 시계 위
찌푸린 불빛을 내려다보고 있는 부엉이 한 마리

불빛 아래 해체되고 있는 상속된
시간의 유전자
식은 지 오래된 바람은 왜 한 곳으로만 숨어드는지
이상한 꿈은 왜 물속에서 젖지 않는지
가장 환한 곳에 숨겨진 너를 데려간
시간을 열어 본다

제비꽃이 지는 동안
순서를 무시한 채 휘갈긴 신의 낙서
인사도 없이 뛰어내린 별과의 약속을
모래 위에 옮겨 적고 있었지

차가운 불꽃이 부딪치는 별

듀얼 타임의 톱니가 자전을 시작한다
푸드덕, 그의 심장 뛰는 소리
그는 시계가 없다

어둠의 재가 숫자판 위로 떨어질 때
부엉이 날개 바스락거리는 소리
눈꺼풀 닫히는 소리

어제 밀린 시간은 지금부터 흐르기 시작하고
너의 시차를 들여다본다
수척한 바람 냄새 오고 있었던가

제35회 시문학상 심사기

위상진 시인의 시집 『그믐달 마돈나』를 '시문학상' 수상작으로 결정하였다. 예심을 거쳐 본심에 오른 5권의 시집 중에서 이 시집을 수상작으로 뽑자는 데 심사위원 전원이 의견을 같이하며 수록된 작품의 완결미와 우수성에 찬사를 아끼지 않았다. 우수한 시집을 펴내기까지 겪었을 창작의 산고에 위로의 말과 함께 축하의 박수를 보낸다.

위상진 시인은 1993년에 『시문학』지 신인상에 당선되어 등단한 이후 꾸준히 왕성한 시작 활동을 해왔다. 그 시적 역량을 인정받아 '시문학문인회'가 시상하는 '푸른시학상'을 수상한 적도 있는데 이번 시집은 첫 시집 『햇살로 실뜨기』에 이어 두 번째 펴낸 역작이다.

위상진 시인은 심리적 외상으로 인해 분열된 채 무의식의 깊은 곳에 숨은 자아를 찾아 그것을 낯선 이미지들의 연쇄로 보여주려 애쓴 흔적이 역력하다. 따라서 그 이미지들이 엮는 풍경은 지상의 현실에 있지 않는 환상 속의 풍경으로서 독자들에게 정서적 충격을 가하며 꿈의 세계로 이끈다. 그 과정에서 시인이 겪은 상처와 고통을 흐릿하게 보여 주기도 하고 결핍의 공간에 소외된 채 머물러 있는 참된 자아를 찾으려는 치열함에 함께 참여하도록 이끈다.

그렇게 초현실적 경향을 드러내는 위상진 시인의 시편들에 참여한 이미지들은 서로 간극이 큰 채 하나의 주제를 향해 집중

되기보다 여러 방향으로 펼쳐져 있다. 그리하여 독자들의 다양한 상상을 유도하면서 의미를 확산시키며 읽는 즐거움을 맛보게 한다. 이러한 위상진 시인의 개성이 넘치는 시적 경향은 사이버 시대요 다원화된 현대의 문화적 특성을 반영하며 그 첨단을 이끌어 간다 해도 무리가 없을 것이다.

이미 많은 평자들의 주목과 독자들의 관심을 받고 있는 위상진 시인의 시에 앞으로 아름다움과 깊이가 더해 가리라 믿는다. 앞장서 가는 시의 길에 빛이 더하길 빌며 수상을 거듭 축하한다.

심사위원 함동선(위원장), 신규호, 허영자, 문효치, 김석환

시월의 밥상 외 2편

만월(滿月)을 꿈꾸는 시월(始月), 돌아가는 지구를 순회하며
각 지역의 특산물을 시식한다

한국의 흰 쌀밥을 검은 대륙에다 김처럼 싸서 햇빛에 노
릇노릇 구워진 세네갈의 먹갈치 한 토막과 먹는다. 미국의
그랜드캐년 지층에서 뽑아낸 초식공룡 트리케라톱스의 허
벅지살 한 점과 남극의 근육질 한 대를 갈비처럼 뜯고 서양
의 과학문명으로 부친 전 한 조각을 먹자 뱃속이 더부룩한
달, 북아메리카의 신선한 야채샐러드와 덴마크의 복지제도
로 끓인 북엇국으로 속을 달랜다. 공자의 '예'란 찻잔에 담
긴 DMZ를 발효시킨 장단콩가루를 노자의 맑은 물 한 컵에
타서 마시자 마음도 몸도 둥그러지는 달, 태평양에 일렁이

송시월

전남 고흥 출생
월간 《시문학》으로 등단(1997)
시집 : 『12 시간의 성장』, 『B자 낙인』(세종 우수도서에 선정 되었음)
수상 : 제1회 푸른시학상, 시문학상

는 물건반을 두드려 심해의 저음과 항로변경 중인 바람을
후식으로 마신다

　시월(始月)은 땅을 먹고 땅은 하늘을 먹고 하늘은 無를 배
고프지 않을 만큼 먹고

간수

산통을 앓는 간수
죄수를 낳아 두부를 먹인다

세상을 향해 첫발 떼는 죄수, 두부를 먹으며 반듯하고 새하얀 꿈을 꾼다

콩과 몸을 섞은 간수 두부를 조산하고 바다에 투신한다

형체만 흐물거리는 두부, 인큐베이터 안 보자기에 싸여 반듯하게 자란다

두부는 자기의 방 안팎으로 흰 페인트를 칠하고 실험실을 만들어 간수를 채운다
죄수를 불러들여 함께 간수 속에서 하얗게 탈색되며 부추꽃 모양의   ·
단백질이란 물질로 일렁일렁 피어난다
이 과정을 태아일기처럼 세밀하게 기록하는 간수
바다에 투신하여 바닷물에 몸을 씻고 바다와 한 몸이 되어 우주의 자궁이 된다

하늘을 품어 해와 달을 잉태하고 별을 잉태하고 수많은

물고기를 잉태한다

　간수가 낳았던 죄수는 새로운 모습으로 태어났지만
　어미가 그리워 바다로 가서 아기 고래가 된다
　바닷속 하늘엔 고래자리가 뜨고 어미의 양수에선 새끼고
래가 논다
　죄수들이 고래를 잡으러 몰려든다 간수는 죄수들에게 고
래를 먹인다

　오늘도 산통을 앓으며 다란성 쌍둥이를 수도 없이 분만
하는 간수, 돛단배와 파도를 낳아 신명난 춤으로 죄수와 두
부를 낳고 해와 달을 낳고 북극성과 은하수를 낳고 온갖 종
류의 물고기와 해초들을 낳고 꽃게와 장둥어를 낳는다

　간수의 산통은 언제나 진행형이다

1%의 법칙*

행간마다 빨간 신호가 깜박거린다
내 문장의 교감신경과 부교감신경에 세포손상?

언어의 산성화를 막아야 하는데
활성산소를 항산화시켜야 하는데

나는 '관념'이란 만원버스에서 내려
새로운 경작지를 찾아 나선다

가까스로 이주한 하해혼성평탄지

혼종으로 버무려진 성간물질 같은 토양에서
아기별의 이야기들 옹알옹알 태어나야 하는데

나는 왜 가슴이 답답하고 두근거리는 걸까

1%의 법칙에다 재빨리 카테킨을 뿌리고
늙을 줄 모르는 어른 세종대왕 곁에 서 본다

그의 텅 빈 조음기관에서 자모음의 새싹들 움트는 소리

나는 새로 산 프록코트로 갈아입는다

엥겔스가 마르크스와 함께 창출해낸 첫 잉여가치라면서
자기의 프록코트에서 갓 익은 와인 한 병을 꺼내
내 주머니에다 넣어준다

단단한 내 관념의 아스팔트를 뚫고 나온 다이짱***

* 30대 이후가 되면 몸의 기능이 매년 1%씩 떨어지며 노화가 시작
  된다 하여 1%의 법칙이라 함
** 8월 땡볕에 아스팔트를 뚫고 나와 일본인들의 사랑을 받은 무

제36회 시문학상 심사기

한국 현대문학사의 공간을 가로질러 34회의 시상 경과를 보였다가 한동안 중단되었던 이 상은, 지난해 재개하여 수상자를 낸 다음 이제 36회가 되었다. 한국 문단사의 경과 과정을 두고 보면, 초기 이 상의 수상은 곧 한국문학의 새로운 '별'로 인정받는 빛나는 계기였다. 상이 다시 복원되어 두 번째 시상을 하게 된 것은 기실 크게 환영할 일이 아닐 수 없다.

올해의 시문학상 수상작으로는 송시월의 시집 『B자 낙인』이 선정되었다. 예심을 통과하여 올라온 5권의 시집 가운데 이 작품을 선정한 것은 이 시인의 시가 "시간과 공간, 존재와 부재를 자유로이 넘나들며 갖가지 은폐된 얼굴을 드러내는" 시적 기량에 근거한다. 이 또한 문덕수 시인의 문학세계를 계승하는 면모가 약여하여, 올해의 수상작은 그 내면적 문학의 성격에 있어 문덕수 문학의 눈으로 볼 때 매우 기꺼운 대목을 보여준다.

송시월의 시는 한국문학에 익숙한 전통적인 정서를 매우 간단히 뛰어넘는다. 그것이 현대성의 반영이든 시인이 가진 독특한 성향이든, 그처럼 새로운 방식의 시적 이미지와 낯선 유형의 언어 용법이 우리에게 값있게 시를 수용하는 체험을 선사한다는 사실이 중요하다. 특히 모더니즘 시의 시각으로는 크게 상찬할 만한 작법에 해당한다.

문학상은 기실 지금까지의 문학적 성과에 대한 시상이면서 동시에 향후의 작품활동에 대한 격려를 함께 포괄한다. 비교적 젊은 문인의 경우, 하나의 수상이 그 문학세계의 진전과 변모를 불러오기도 한다. 바라기로는 영예로운 '시문학상' 수상자 송시월 시인이, 이번의 수상을 전환점으로 하여 더욱 치열하고 또 유장한 시 세계를 열어갈 수 있기를 기대해 마지않는다.

심사위원 함동선(위원장), 박이도, 이향아, 신규호, 김종회

없는 시 외 2편
—영화 〈피아니스트의 전설〉을 위하여

나는 존재하지 않아

나는 존재하지 않는 존재였어

나는 이 세상에 태어나지 않은 침묵이었어

도시의 끝, 세상의 끝을 모르겠어

무한이 있을까? 무한이 있긴 한 걸까?

같은 냉장고, 같은 텔레비전, 같은 전자렌지,

같은 집, 같은 마누라, 같은 애인…

어떻게 하나를 선택하며 살아?

끝이 없어

영화는 그쯤에서 길을 잃었어

오지 않은 봄이 오고 있었어

오지 않는 밤이 오고 있었어

조명제

월간 《시문학》 시 천료(1985), 계간 《예술계》 문학비평 당선으로 등단
시집 : 『고비에서 타클라마칸 사막까지』, 『오스트랄로피테쿠스의 노래』
비평집 : 『한국 현대시의 정신논리』, 『윤동주의 마음을 읽다』 외
수상 : 중앙대문학상, 미산올곧문예상, 시문학상, 한국문학인상
서울시인협회 부회장, 계간 《문예운동》 편집주간

의 오타였어
바다를 깔고 앉아 평생을 살았어
낙타는 끝이 있어
피아노 건반은
88개, 끝이 있고 유한해
나는 그 유한이 좋아
88개의 건반으로 무한을 연주할 수 있으니까
너 째즈의 전설 째즈의 시인, 까불지 마
피아노 담뱃불로 너의 콧등을 지져줄 거야
당신의 시는 시가 아니야 시 아닌 시야
시는 없어 존재하지 않는 존재의 존재,
나는 알고 있어 없는 시를 나는
알고 있어 존재하지 않는 시
시 저 너머의 시 나는 죽어
600개의 다이나마이트 폭발로
산화(散華)할 거야 하지만,
태어나지 않은 나는 죽을 수도 없어
없는 시는 죽지 않아

나의 고뇌

아프리카의 풀 누런 가을 황야를
임팔라 한 마리 사납게 쫓기고 있다.
최적화된 신체구조의, 강력한 단거리 포식자
치타를 간신히 따돌리고,
한숨 쉴 겨를도 없이 도망가는데, 이번엔
풀숲 옆구리에서 튀어나온 하이에나가
끈질기게 따라붙는다. 긴긴 생존게임,
게걸스런 하이에나도 운 좋게 따돌리고, 강변을 따라
계속 달음박질하고 있을 때, 치타 하이에나의
바톤을 이어받은 암사자가 나타나 추격해 온다.
날 살려라, 꼬리 아슬아슬 내달리던 임팔라,
하는 수 없이 강물로 풀~쩍 뛰어든다. 아,
천신만고 끝의 임팔라, 살았구나
싶은 순간, 이번엔 악어가 대가리 디밀며 나타나
한입에 물고 짓이겨 삼켜버린다. 아— 하나님 아버지!
하나님은 이 세상을 왜 이따위로 만드셨나!
분기탱천한 나는, 포식자와 피식자 사이의 숨 막히는 긴
장을,
피식자와 포식자 사이의 죽기 살기의 드라마를 보느라,
나도 모르는 사이 꽉 쥐어진 주먹을
풀지 못했다. 풀지 못한 주먹으로 사랑의 하나님을

한방에 날려버리고 싶다,
고 생각하다가도 나는 깊은 고뇌에 빠져든다.
내가 하나님이라면 이 세상을 어떻게
창조했을 것인가? 이 잔혹한 세상의
무지막지를 맹비난하다가도 도리 없이, 슬며시,
하나님의 자연 밸런스에 승복해 버리고 마는
인간들이 나는 싫다. 인간뿐만 아니라
온갖 짐승들도 살생을 금지한다 해야 할 궁지에서
불교마저 기껏 윤회설을 내세워 입막음한 정도이니,
어디에서 온전한 희망을 구하랴.
환경오염과 재앙, 꿀벌이 사라질 위기에
인류 대멸종의 날이 내일에라도 닥칠 듯이
걱정하는 황 선생의 고뇌보다도 나의 고뇌는
더욱 심각하다. 나의 고뇌는 여기에서부터
다시 시작하지 않으면 안 된다. 나는 일찍이
한 시편에서, 이슬만 먹고도 살 수 없을까,
하고 노래한 바 있다. 암튼, 날로 진화하는
인공지능 로버트 인간에게
하나님이 심판받고, 인간이 벌 받을 날도
멀지 않았으리……

사인암을 바라보며

천둥번개의 칼날로 단숨에 내리쳐 잘라낸 듯
깎아지른 수직벼랑의 붉은 암벽
'탄로가(嘆老歌)'의 시인 역동(易東) 우탁(禹倬) 선생의 직명(職名)
사인(舍人)을 따 지었다는 사인암(舍人巖),
사인암 이전에는 무엇이라 불렸을까.

암벽의 꼭대기엔 크고 작은 서책들을 쌓아올려 놓은 듯
한데,
서책(書冊)들 위 작달막한 노송들이 당차다.
동방역학(東方易學)의 대인(大人) 여대(麗代)의 문신 우탁 선생,
향리 단양으로 낙향하여 후학들을 가르치며
가끔 이 붉은 수직벼랑을 바라보셨으리.

아비의 여자 숙창원비를 취해 통간한 충선왕의 패륜에
거적을 둘둘 말아 어깨에 메고 한 손엔 도끼를 들고
임금 전에 들어 진언한 지부상소(持斧上疏)의 우탁 선생,
조선조 선조 때의 강골 조헌 선생은 임진왜란의
징조를 매번 무시하고 백성을 팽개쳐 버리고는
자기 보신만 앞세운 왕의 왕도를 바로 세우려
세 번씩이나 도끼를 들고 들어가 상소를 했다지.

하늘인 백성을 위한 정치를 하지 않고
자기 정치를 하는 왕들을 바로 세우려 도끼를 들고
생사여탈권을 쥔 왕 앞에 거적때기 깔고 머리 조아려
드리는 충간이 옳지 않다고 생각한다면 도끼로
머리를 쳐 달라고 하는 결기의 지부상소,

신하가 왕의 비리를 끊어내고자 도끼를 들고 입궁하여
상소할 때, 성질난 왕이 내리치는 도끼를 받아
자신의 목 잘릴 각오만 하였을까. 도끼로,
백성 돌보기를 팽개치고, 술수와 기만과 방탕으로
호의호식 영광 누리는 무쇠거죽 같은 왕의
모가지를 내리쳐
잘라버리고 싶지는 않았을까, 진정
저 음흉의 모가지를 내리쳐 날려버리고 싶지는 않았을까.

사인암 바로 위쪽 물가 너럭바위 곁
언덕진 잔디밭에는 역동우탁선생기적비(易東禹倬先生紀蹟
碑)가
두 그루의 우거진 노송(老松)을 올려다보고 있다.

제37회 시문학상 심사기

  한마디로 말해, 37회의 연륜을 쌓게 되었다는 사실만으로도 시문학상은 유서 깊고 영예로운 상이 아닐 수 없다. 지난 2000년 대 말에서 6년 동안의 공백기 후에 부활되는 어려움이 있긴 했지만, 그럼에도 여전히 이보다 더 전통과 권위를 자랑하는 문학상은 많지 않을 것이다. 부활하고 셋째 해를 맞이한 시문학상 수상작 선정 심사회의가 지난 2018년 10월 22일 제4회 문덕수문학상 수상작 선정 심사회의에 뒤이어 이루어졌다.

  먼저 운영위원회에서 선정한 다섯 분 후보가 최근 5년 내에 출간한 저서를 놓고 심사위원들의 검토가 있었다. 무엇보다 이번에는 이채롭게도 시집 이외에 평론집이 선정 저서로 올라와 있기도 했는데, 이에 대한 의문이 제기되지 않을 수 없었다. 논의를 이어가기 전에 운영위원회 측의 다음과 같은 해명이 있었다. 전례가 없긴 하지만, 앞으로는 시집뿐만 아니라 시 평론집까지도 시문학 발전에 기여한 저서라면 특별히 경계를 두지 않고 시문학상 수상 후보작으로 올리기로 했다는 것이었다. 이 같은 취지에 공감한 심사위원들은 모든 후보작에 대해 다양한 의견 교환을 주고받은 뒤에, 어떤 저서를 수상작으로 올린 것인가를 놓고 또다시 장시간의 논의를 이어갔다. 그러지 않을 수 없었던 것은 다섯 분 후보의 시집 또는 평론집이 시문학상 후보로 손색이 없기 때문이었다. 최종 심사에 올라온 모든 저서가 나름의 장점과 특색을 지니고 있기에 이에 대한 의견과 평가가 다양

했지만, 여러 면에서 문학에 대한 열정과 성심이 특히 돋보이는 조명제 평론가/시인의 『윤동주의 마음을 읽다』(스타북스, 2018)를 수상작으로 올리는 쪽으로 심사위원들이 투표 없이 의견을 모았다.

이번에 시문학상 수상작으로 선정한 『윤동주의 마음을 읽다』를 놓고 심사위원들은 다양한 의견을 내놓았다. 한국인 모두의 사랑을 받고 있는 시인 윤동주의 시 세계에 한 걸음 더 가깝게 다가가도록 우리를 이끄는 소중한 저서라는 의견을 준 심사위원도 있었고, 단순한 전기적 기록이나 시인에 관한 정보 제공의 차원을 뛰어넘어 나름대로 윤동주의 시 세계에 대한 진지한 접근과 이해의 기록이라는 평가를 한 심사위원도 있었다. 아울러, 조명제 평론가/시인은 평론가로서뿐만 아니라 시인으로도 등단하여 활동하고 있는 분으로, 이번의 수상 저서는 등단 이후 오늘날까지 시와 평론 양면에서 진지한 문학적 탐구의 작업을 멈추지 않고 있음을 보여 주는 실례라는 견해를 밝힌 심사위원도 있었다.

시문학상의 오랜 역사에 최초로 평론집으로 상을 수상하게 된 조명제 평론가/시인에게 모든 심사위원의 마음을 담아 축하의 인사를 전한다. 이번의 영예로운 수상을 계기로 하여, 시 창작뿐만 아니라 평론에도 더욱 열의와 성의를 다하기 바란다는 심사위원들의 당부 또한 전한다. 아울러, 수상자의 문운과 문학에 대한 열정이 앞으로도 계속 이어지기 바라는 심사위원들의 마음도 함께 전한다.

심사위원 함동선(위원장), 신규호, 고창수, 이건청, 장경렬

시문학상 제38회(2019) 수상자 **김철교**

도전을 멈출 수 없다 외 2편
—이중섭 〈흰 소〉

눈앞 세상을 향해 돌진하다
급정거하고는
뚫어지게 한 편의 시를 응시한다

원고지에 부리나케 한 자 한 자 채워보지만
나의 투박한 언어는
자유로운 영혼을
아주 조그마한 원고지 한 칸에
가둬버리고 마는구나
언제 언어의 감옥을 탈출하여

김철교

서울대 영어교육과(1976),
중앙대 경영학박사(1988), 중앙대 문학박사 (2018)
《시문학》시(2002), 《시와시학》평론(2015), 《한국소설》소설(2017) 등단
(현)배재대학교 경영학과 명예교수, 국제PEN한국본부 부이사장
시집 : 『무제2018』(시와시학, 2018) 등 10권
산문집 : 『영국문학의 오솔길』(시문학사, 2012) 등 10권
〈제1회 심재 김철교 문인화 개인전〉(2018.11.28.~12.3. 인사동 경인미술관)

내님을 만나러 갈 수 있을까

욕망의 그물에 걸려
신께서 허락하신 시간을 허비하고 있지만
두려운 그러나 강렬한 눈빛으로
아직은 도전을 멈출 수 없다
내가 왜 이 세상에 왔는지
그것을 알 때까지는

* 이중섭(李仲燮, 1916—56), 〈흰 소〉, 1954년경, 합판에 유채, 30×
  41.7cm, 홍익대학교 박물관.

내가 그리는 그림

시간이 회오리바람을 일으키며
온몸을 휘돌아 나갑니다
빛은 뒤따라 하얀 향기로
빈자리를 헤집고 달려옵니다
널따란 캔버스가 만들어집니다
시간은 가고 빛은 오고
한 폭의 그림이 완성되어 가고 있습니다

투명한 빛으로 만들어진
그림 속 주인공은
액자 속에 갇혀 있는 것이 아닙니다
하늘에서 바다에서 대지에서
조금도 막힘없이 유영하고 있습니다

말로 글로 보여줄 수 없는
그러나 가슴으로만 명징하게 볼 수 있는
단 하나뿐인 나의 그림입니다
어디엔가 붙박이로 걸려 있는 것이 아닙니다
빨갛고 노랗고 하얀 장미로 덮인
미로 속으로
조금도 막힘없이 흐르고 있습니다

민들레 홀씨

노오란 꿈이 옹골차게 영글면
저리도 가볍게 날 수 있는 것을

머문 듯
또다시 바람이 불면
미련 없이 자리를 턴다

세월의 무게를 다 내려놓고
바람에 실려 어디로 간들
거기가 고향이 아니겠느냐

시문학상 제38회(2019) 수상자 **정유준**

어느 날 숲이 외 2편

　어느 날 숲이 내 곁으로 다가와 넝쿨로 뻗어가며 몸속에 꽃을 피우고 겹겹이 쌓인 잎들은 노래가 되었다 저수지의 물은 넘쳐흘러 깊은 잠 속의 나무들을 흔들어 깨웠다 나무의 발밑에서 깊이를 알 수 없었던 언어가 꽃이 되었다

　어느 날 숲은 보이지 않았고 나무들은 차갑게 등을 돌리고 있었다 빗물소리에도 깨어나지 못한 채 늙어갔다 저수지의 물이 밑바닥으로 거꾸로 흘렀다 물 밑바닥에는 시들은 언어 나는 물과 얼굴을 마주한 채 뛰어 들었다

　어느 날 나는 길을 잃고 숲속을 헤매었다 불안에 휩싸여 망설이는 순간, 낯선 시간들의 울창한 숲에 맑고 신선한 바람이 불었다 저수지의 물소리도 바람에 실려 왔다 편백나무 숲 향기가 가득했다 나뭇잎들이 가늘게 흔들렸다.

정유준

1948년 경북 예천 출생
《문학창조》 등단(1998)
시집 : 『사람이 그립다』 『나무의 명상』 『편백나무 숲에서』 『까치수염의 방』 외
불어시집 : 『Contemplations de l'Arbre』

기이한 저녁

기이한 저녁과 마주한 날이었다
병을 들고 저녁이 주는 술을 마셨다
한 병 두 병 계속 마시다가
몸을 부수는 혼란과 열기에 갇혀버렸다
기억 속을 엉금엉금 어느 마을로 접어들었던가
이끼 낀 돌담길을 걸어 누구의 노래를 불렀던가
몸이 타는 독주와 함께 어둠이 집어삼켜서
세상의 어딘지도 모를 곳으로 휩쓸려
다음 날이 오고 또 다음 날이 오고
밤이 찾아오는 기이한 저녁
그 다음 날은 어떻게 찾아왔는지
느티나무 아래에서 이슬을 맞았던가
망종이 지난 때였던가
저녁이 선반에서 독주를 찾아내고 병을 뒤집어 털었다
술에서 깨어난 저녁은 온몸을 구깃구깃
그러면서 노래를 불렀다
돌담길의 속삭임을 들은 때가 그날이었던가
구깃구깃 뒹굴던 속삭임들.

화개(花開)

마음의 칼끝에서 꽃이 피었다

전나무 숲 돌계단을 오르는 대웅전
붉은 노을 마주 선 법당 문 가득,
미륵 불빛처럼 꽃이 피었다

풍경소리 바람 속을
빛 모란 연꽃살 무늬
소복이 문을 덮고 있다

무심히 드나드는 사람들
다정한 나무결을 보지 못해도
나지막이 속삭이는 꽃 살의 미소

꽃 하나에 전생을 생각하고
꽃 하나에 과거를 돌아보고
꽃 하나에, 꽃 하나에…

극락으로 이르고
깨달음으로 열리는
문살 위에 꽃이 피었다.

제38회 시문학상 심사기

제38회를 맞으면서 국내 최고의 권위를 자랑하는 시문학상은, 그동안 역량 있는 한국 문단의 중진이나 중견에게 주어짐으로써 그분들의 창작 생애에 중요한 이정표가 되어주었다. 이번에 후보자가 된 분들도 그러한 성취와 영향력에서 매우 큰 족적을 이루어오신 분들이라 사료된다. 심사위원들은 감성과 지성을 통합하여 빛을 발하는 문학적 위의(威儀)를 무게 있게 생각하면서, 깊이 있고 개성적인 미학적 성취를 보여준 시인들의 작품을 천천히 읽어나갔다. 오랜 논의 결과, 수상작으로는 김철교 시인의 시집 『무제2018』과 정유준 시인의 시집 『까치수염의 방』이 선정되었다. 이번부터 『시문학』을 통해 등단한 분과 그렇지 않은 분을 공동 수상함으로써 수상자 범위의 확장을 꾀한 것도 부기할 만하다고 생각된다.

김철교 시인의 시집은 예술적으로 명망과 가치를 인정받은 세계의 명화와 조각 작품들을 일일이 호명하면서 그 안에 담긴 예술적 정점의 순간을 서정적으로 갈무리한 세계이다. 예술의 이론과 기법을 활용한 실험적 작품들도 여럿 있어, 이 시인의 예술적 열정과 식견을 물씬 느끼게 해주는 메타적 속성도 담긴 성과라 할 만하다. 다양한 예술 장르를 접속하면서 호활한 세계를 보여준 이번 시집을 통해 시인은 여러 이미지를 자신만의 체험적 진실성으로 끌어올리는 기막힌 균형과 결속의 세계를 수일(秀逸)하게 보여주었다고 판단된다.

정유준 시인의 시집은 나날의 감성적 순간을 담기도 하고, 넉넉한 관조를 통해 충분히 원숙해진 심의(心意)를 노래하기도 하고, 예리한 지성으로 타자와 사회의 문제를 담기도 하는 서정시의 다양한 음역을 보여준 명품이다. 삶의 저류(底流)까지 내려가는 투시를 통해 시인은 삶이 미완일 뿐이며 침묵과 미지의 차원으로 점철된 것임을 증언한다. 이번 시집은 그 점에서 우리가 함께 감당해가야 할 서정의 차원에 대한 외경을 담고 있다 할 것이다. 마음의 움직임이 치러가는 삶의 의미와 난경(難境)을 결속해가는 화법이 돌올하다.

결국 두 시인은 모두 삶에 편재하는 속악함을 함께 넘어서면서 존재론적 결기를 지속적으로 완성해가고 있다. 이러한 작품 세계의 일관성과 심화 과정에 격려가 얹혀야 한다고 심사위원들은 뜻을 모았다. 김철교 시인과 정유준 시인도 이 순간이 삶에서 빛나는 기억이 되리라 믿는다. 거듭 수상을 축하드리면서, 자신만의 언어적 연금술이 지속적 진경으로 거듭 나타나게 되기를 바라 마지않는다.

심사위원 김규화, 신규호, 홍신선, 김종회, 유성호

도롱뇽 알 까만 눈이 날 보고 있다 외 2편

축축한 비에 물기를 머금은 나뭇가지는

검고 질긴 껍질을 트고

부드러운 흙빛과 촉촉한 검은 색의

부드러운 막에 싸인 생명이 부풀러 오른다

백암학교 이선생은 몸보신으로 도롱뇽 알을 먹는다

봄이 노오랗게 피어나는 오후

햇볕이 모이는 계곡 웅덩이에서 도롱뇽 알을 잡는다

터질 듯 미끈거리는 생명

부드러운 막에 싸인 까만 눈으로 날 보고 있다

도우넛 모양의 알다발 속에서 까만 눈을 굴리며

소주에 취해 이선생 몸보신으로 넘어간다

이 솔

중등교사 명예퇴직(2000)
월간 《시문학》 신인우수작품상 등단(2001)
시문학문인회. 한국현대시인협회, 시문학아카데미, 국제펜 한국본부
시집 : 『수자직으로 짜기』『신갈씨의 외투』『수묵화 속 새는 날아 오르고』
『첼리스트를 위한 기도』『미술관 읽기』『소망의 플랫폼』『새는 날개로 완성된다』
수상 : 푸른시학상, 청마문학상 신인상,
제39회 시문학상 「도롱뇽 알 까만 눈이 날 보고 있다」로 수상

이선생 촉촉한 그 까만 눈을 보지 못한다
인도 델리역의 깡마른 짐꾼은 짐을 이고 뛰듯 간다
붉은 상의와 터번 아래 검고 깊은 눈동자
맨발의 어린 소녀는 "기브 미 원 달러"를
인도의 검은 눈동자는 모두 축축하게 번져 있다
검은 색이 흙빛을 만나면 살아난다
알다발 속에서 까만 눈으로 마주하는
터질 듯 미끈거리는
인도의 촉촉한 그 생명으로
검은 껍질을 트고 꽃이 된 너 그리고 나

첼리스트를 위한 기도

첼리스트는 가장 큰 포옹을 할 수 있다
비스듬히 앉아 발끝을 세우고 포옹의 자세를 만든다
여인의 팔에 안긴 피에타
예수의 주검을 받쳐 안은 성모 마리아
무릎에 안겨 늘어뜨린 손등의 그 못자국을
비탄과 슬픔을
긴 활은 부드럽게 어루만진다
활이 미끄러지며
끓어오르는 소용돌이를 달랜다
―아가야, 염려 마라―
자세를 다잡고 두 팔에 힘을 조여온다
―너를 낳았다―
모두 내어주고 한 아름으로 받아 터질 듯
너를 낳았다
첼로의 현을 훑어내리는 활
울림통을 흔드는 노래
달려가 포옹으로 안기는 황홀한 기도

광화문에서 길을 찾다

댕댕댕, 전차가 종로를 관통한다
삼국지를, 정글북의 타잔을, 꺼꾸리와 장다리를
만화로 만난다
지하철에서 지상으로 나와 숨을 고른다
광화문의 목적지는 코앞이다
길을 건넌다 잠시, 여기가 어디지?
서점이 어디지, 입구에 서 있는 동상은 어디 갔지?
빙빙 돌며 어지러워 긴장한다
길을 물으며 빌딩의 높이를, 빌딩의 이야기를 기억해 본다
신문사, 통신사의 냉철한 음성, 대형서점의 이야기를
활자와 함성이, 세종대왕이 지켜보는 광장의 가르침에 긴
장되는
종종대는 그 발자국들, 점, 점으로 흐른다
점은 구르며 밟히며 묻히며 살아낸다
점은 댕댕전차 바퀴에 붙어서 옛 골목의 추억으로 광장
으로 발자국 찍혀
어느 한 점에서 끌려 번지며 고리로 만난다
당신이었어요 그것이었네요 우리는 모른 척 못 하는 관계
관계와 관계의 길은 늘 거기 있었다
그 길이 손짓한다 눈에 익은 건물 점점이 흐르는 길로
저마다의 얼굴로 계속 손짓하는 광장의 길을 찾아간다

선을 따라가며 외 2편
—심산 문덕수선생님 영전에

공간을 점유한 손끝이

윤슬로 휘감아 나갑니다

이어진 선에 꿰인 물 구슬이

태양을 향해 터집니다

찢긴 전쟁의 총구를

언어의 꽃밭으로 일구신 이여

언덕에서 부른 노래와

울부짖는 전장의 포성을

꽃방석에 감아 세우시고

허공에 떠다니는 말

알아듣지 못해 멈춰버린 말도

이오장

《믿음의 문학》 신인상으로 등단.
제5회 전영택문학상, 제36회 시문학상 수상
시집 : 『왕릉』, 『고라실의 안과 밖』, 『천관녀의 달』, 『99인의 자화상』 등 20권
평론집 : 『언어의 광합성, 창의적 언어』
한국문인협회 이사, 국제PEN한국본부 이사, 한국현대시인협회 부이사장 역임,
부천문인회 명예회장, 한국NGO신문 신춘문예운영위원

선으로 묶어 사전에 올리셨습니다
사물의 귀퉁이에 꽂힌 정
단번에 뽑아 세운 기세를 누가 따라가며
정상에 묶어놓은 구름 어떻게 풀어내리까
꽃송이마다 써놓은 글자
한번 읽기도 벅찬 가슴 어찌할 수 없어
하나하나 꽃잎 헤아려 봐도
발자국 짚어 갈 뿐입니다
지혜로 지으신 언어의 집과
용맹으로 쌓으신 시의 궁궐에
누구나 들게 하신 이여
남겨주신 우체부 가방 속에
아무것도 채울 수 없는 안타까움
찢긴 가슴으로 눈물만 담아놓고
공간을 점한 선 따라 서툰 걸음 서두릅니다
찍어주신 꼭짓점을 향해 뛰어갑니다

말의 문턱을 넘어가신 이여
— 김규화 선생님 영전에

조계산자락 승주골에
별빛 쏟아지던 날
닭 울음소리에 깨어난 당신은
적토마의 고삐를 잡아야 했습니다
말꾼이 이끄는 대로 순하게 뛰고
말더듬이 손길을 따랐습니다
천둥번개 먹구름 몰아쳐도
말문을 향한 말씨 묵묵히 엮었습니다
솜방망이 길게 휘어잡고
무념의 세상을 돌아 나올 때도
멀어져 가는 가을빛에 젖었지요
말 많은 세상의 혼란 속에서도
쌍생아로 살기로 작정한 그 님 뒤에서
떠돌이배 띄우는 것을 붙잡고
날아다니는 언어를 공으로 만들어
시의 싹을 틔워내신 당신은
사막에서도 햇빛과 연애하고
바람길에서 시밭을 지키셨습니다
승주골 어머니의 나날도
바다를 밀어 올리듯 돛단배 띄운 당신
은하수에 놓인 초록징검다리였지요

연자방아 돌리는 말, 소금장수의 말
길마를 얹은 말도
모두가 짊어진 멍에를 벗지 못하고
말 탄 자와 말 끄는 자의 중간에 서서
사랑과 이별의 애물단지라고 한탄하면서도
말의 순례자는 말이 없는 것이라며
연갈색 양말을 신으신 당신은 분명
말의 길잡이 시의 모태이십니다
말 많은 세상을 말로 정화시키고
말의 문턱을 넘어가신 이여
밟고 가는 흙길에 쌓인
말 찌꺼기 걷어가면서도
고개 한 번 돌리지 않으십니다
시문학사 글귀가 뚜렷한 명패도 보지 않으십니다

아버지, 어머니

1.

아버지, 아버지, 뒤돌아보지 마세요

거친 발자국 제 가슴에 심어두고 손바닥으로 지웠답니다

굽이굽이 뒤꿈치에 밟힌 바위는 모래가 되고

땅은 밭이 되어 당신의 그늘 이뤄냈지만

자국마다 고여 있는 검붉은 땀방울은 한평생 퍼내어도

줄어들지 않겠지요

연 날릴 땐 하늘을 보지만 바람 읽을 줄 알아야 한다는

말씀

한시도 잊지 않았어도

연 높이만 바라던 철부지는 아직도 빈 물레만 들고 있어요

이 세상에서 제일 크신 아버지

이뤄놓은 그늘이 부끄러워 고개 들 수 없다는 말씀 하지

마세요

발가락 마디에 달라붙은 세월의 발판이 저의 하늘입니다

지나온 그 발자국이 우리의 등불이며 영원히 꺼지지 않

을 횃불입니다

아버지, 아버지, 불러도 목메지 않는 그 이름

무릎 꿇고 앉아 발을 씻겨 드리고 발톱에 묻은 세월 감싼

다고

잊히리까, 지워지리까

지구가 사라져도 그 이름은 영원히 타오를 태양입니다

2.

어머니, 어머니, 얼마나 더 불러야 잊히오리까

쇠심줄로 입을 꿰매도 모시타래 풀리듯 이어져 나오는 울림

땅이 뒤집히고 산이 무너집니다

새벽닭 울 때까지 들리던 베틀 소리는 모악산 봉우리 넘어가고

신음으로 짜낸 삼베 모시 필은 텃논배미 전부 덮고도 장마당을 펼쳤지요

삼백예순날 어느 하루를 두 다리 펼쳐 허리 눕힌 날 있었던가요

물항아리 마를까 나뭇간이 빌까

지팡이인지 부지깽이인지 들고 마당으로 부엌으로 종종거릴 때면

빗질하지 않아도 집안이 빛났지요

어머니의 하늘은 오직 자식들뿐, 굽은 허리뼈가 오리나무 옹이가 되어

베틀 아래에 꼼짝없이 묶이고 뒤틀린 손가락마다 배접질

에 너덜거려도

　잠시 쉴 틈 없었던 어머니의 하루는 방앗간 풍구보다 바
빴습니다

　너무 그립습니다, 너무 서럽습니다

　논두렁 하나 넘으며 불러보고 고갯길에 앉아 소리쳐 봐도

　대답 한번 듣지 못하는 자식 귀에는

　오직 베틀 소리와 물항아리 여닫는 소리만 메아리칩니다

제39회 시문학상 심사기

제39회를 맞은 '시문학상'은 그동안 한국 문단의 역량 있는 시인들에게 줄곧 수여됨으로써 이분들의 창작 생애에 중요한 지표가 되어주었다. 이번에 후보로 올라온 분들 역시 개성적이고 탁월한 성과를 꾸준히 이어온 분들이었는데, 심사위원들은 이 작품들을 읽어가면서 오랜 토론 끝에 수상작으로 이솔 시집 『첼리스트를 위한 기도』, 이오장 시집 『천관녀의 달』을 선정하게 되었다.

이솔 시인은 삶에 편재하는 속악함을 넘어서면서 존재론적 결기를 완성해가는 모습을 진솔하게 보여주었다. 투명성과 진정성을 아울러 담고 있다고 판단하여 수상작으로 선정하게 되었다. 이제 독자들은 이솔 시인의 감각과 사유에 순연함이 일렁이는 것을 경험하면서, 언어의 저류에 흐르는 정서의 구체와 감각의 선도(鮮度)가 삶의 활력과 슬픔을 한 몸으로 노래하게끔 해주는 순간을 만나게 될 것이다. 시인은 구체적 실감을 통해 심미적 공감을 우선적으로 견지해야 접근 가능한 세계를 일관되게 구축해간다. 이 점, 시문학상 수상자로서 손색이 없다고 생각되었다.

이오장 시인은 시인 자신이 활달하게 설계해 놓은 한국 역사의 중요한 순간들을 일종의 인물지(誌) 성격으로 구체화해 놓았다. 전체적으로 시인의 개성적인 역사적 상상력과 잘 짜인 시상(詩想) 그리고 자연스레 발화되는 언어적 흐름이 품격을 높였다고 생각되었다. 또한 언어적 구체성과 역사적 인물들을 향한 마음 너비가 감동적 순간을 품은 작품들이라고 판단되었다. 치밀한 역사적 전언과 함께 언어적 친화력과 인간의 삶에 관한 보편적 사유를 결합하였다고 보았다. 이 점, 시문학상 수상자로서 매우 개성적인 음역을 보여주었다고 생각되었다.

결국 두 분 시인의 작품집은 고유한 경험을 자산으로 삼으면서도 오랜 창작 시간을 깊숙하게 품고 있다는 사실을 보여주었다. 스스로의 경험적 구체성에 정성을 들이고 있었고, 삶에 대한 지극한 사랑과 근원적 서정을 거기에 얹고 있어 매우 긍정적으로 다가온 세계였다. 이솔 시인과 이오장 시인 역시 이 순간이 삶에서 빛나는 기억이 되리라고 믿는다. 이분들의 지속적인 창작 활동을 기대하면서 수상을 진심으로 축하드린다. 더욱 깊은 미학적 진경으로 나아가기를 고대해마지 않는다.

심사위원 김규화,박진환, 신규호, 이숭원, 유성호

눈밭에 누울까 외 2편

눈밭에 누울까

뭔가 부르는 소리에 잠에서 깨었다

맨발이다 얇은 옷차림으로 눈밭에 서 있다

눈바람은 목덜미를 휘감고 있다

추울까 봐 더 단단히 감고 있다

부르는 소리 뭘까

달빛이 나뭇잎에 몸을 감추는 소리

잠을 설친 새가 눈빛에 얼굴을 부비는 소리

슬픔이 내장을 헤집고 나와 눈밭을 기어가는 소리

한밤중 옆집 여자의 찬송가 부르는 소리

뭘까

맨발로 상큼상큼 눈밭을 걷는다

안혜경

《시문학》 천료(1982)
시집 : 『강물과 섞여 꿈꿀 수 있다면』, 『춘천 가는 길』, 『숲의 얼굴』,
『밤의 푸르름』, 『바다 위의 의자』, 『여기 아닌 어딘가에』, 『비는 살아있다』
산문집 : 『새벽 다섯 시』, 『아프리카 아프리카』, 『꿈꾸는 배낭』

눈밭은 눈빛에 잠겨서 창문도 찾을 수 없고
현관문은 몸을 숨겨 찾을 수 없다
어쩌나 소리를 따라 눈밭을 걷는다
눈의 집으로 들어가는 길일까
눈밭이 따스하다
눈의 계단으로 성큼 내려선다
식탁 위에 달빛이 길게 누워있다
발바닥은 먼지투성이에 마른 풀로 뒤덮여 있다
달빛은 물결처럼 출렁이고
물결 사이로 창문이 넘치고 현관문이 사라지고
발바닥도 제 갈 길을 가고
다시 눈바람이 목덜미를 휘감으면
눈밭에 누울까

울음은 눈물의 무릎을 베고 누워

울면서 거울을 보니 거울 속의 눈물이 더 울음을 운다
거울 속의 울음이 친구가 되고 증인이 되고 상담치료사
가 되어
밤새도록 함께 눈물을 흘린다
거울 속의 울음은 펄럭이다가 흔들리다가
한밤중의 울음은 얼마나 연약한지 얼마나 사랑스러운지
울다가 깨는 일은 없어요
포도주는 목격자가 되어 울음은 끝나지 않는다는 걸
시위하듯 말해요
울다가 지쳐 눈물의 무릎을 베고 누우면
머리를 너그럽게 매만져 주고 그러면 나른한 울음에 빠
져들어요
때로 거울 저편으로 눈물을 힘껏 던져요
상처받을 울음을 걱정하면서
울음이 서늘하게 치자꽃을 베어 꽃잎이 뚝뚝 떨어져요
눈물이 스며든 흰 꽃을 본 적이 있나요
흰 꽃은 먼저 말을 걸고 안부를 물어요
흰 꽃의 따스한 심장을 느낀 적이 있나요
흰 꽃이 흰 머리를 찰랑거리며 위로를 할 때 어떻게 사랑
하지 않을 수 있나요
울음 속을 둥둥 떠다니는 꽃잎은 여전히 나의 팔 나의 머
리가 아닌가요

겨우살이를 들고

옷자락은 왜 피곤할까
맑은 바람에 세수를 하면서
빗방울이 별안간 숲을 내려치는데
나무들 벌떡 일어나 놀란 얼굴로 묻는다
무슨 일이니 밖은 왜 이리 소란하니
무슨 생각으로 신발은 어디에 있니
잠을 도통 못 자고 있어
무슨 악몽에 시달리는 거니
정말 잠을 못 자고 있어
그런데 아침의 빗방울은 정말 사랑스러워
모두 잠에서 덜 깬 채 서로 뒤엉켜 있어
실뭉치처럼 달아날 수도 없어
다시 상수리 나무들이 수군거렸어
나의 온실에서 떠난 사람이 너무 많아
신발이 모두 강으로 뛰어들었어

물안개 외 2편

새근거리며 건너 온
간밤의 요정들

하얀 여인네 속살같이 너
아무렇지도 않게
냉정하구나

채색된 새들의 혀로 깨우는
창백한 웃음

두근거리며 마주 앉은 세기(世紀)의
비로소 나에게로 향한
진정한 얼굴들

최만산

《시문학》으로 등단. 시문학상 수상
시집 : 『허구의 숲』, 『나의 작은 잎새들』, 『하루라는 이름의 변증법』
논저 : 『소설과 영화』, 『제인 오스틴 연구』, 『토마스 하디의 표현양식』,
『소설과 영화의 상관성 연구』 등 그 외 다수

해는 또다시 떠오르고

해는 또다시 떠오르고
이 땅에 바람은
아무데서나 불어온다

꽃잎 지는 것이 어디
내 탓은 아닐러니

온몸을 흔들면서
또 하나의 여름은 가고

뼈와 뼈 사이에
흘러가는 강물

정말이지 우리 사이에
수정할 시간은 있을까?

하늘은 나에게서
너무나 멀구나

작약밭에서

똑같은 땅
똑같은 하늘 아래서
모든 음절은 조금씩 흔들린다
붉은 작약밭에서 오월은
새울음으로 타고
가난한 꽃잎들은
알몸으로 춤을 춘다
피같은 꽃내음이 질펀한
태양의 길목
내 죄 많은 입술 위
보드란 바람은 목이 마르다
잃어버린 것들은 너무나 많다
남은 것은 오로지
어둠 속의 화병 같은
뜨거운 심장 하나

제40회 시문학상 심사기

올해로 전통의 '시문학상'이 40회를 맞았다. 상의 제정과 유지를 위해 힘써 주셨던 심산 문덕수 선생님의 집념과 후학들의 정성이 합쳐져 이루어 낸 성과로 생각된다. 권위와 명성에 걸맞는 수상자를 배출해 내야 한다는 의무감에서 어느 때보다도 예심과 본심을 포함한 전 일정에 심혈을 기울였고 공정을 기하고자 노력했다. 이에 최만산 시인의 시집 『하루라는 이름의 변증법』과 안혜경 시인의 시집 『비는 살아있다』를 금번 본상 수상작으로 결정하게 되었음을 기쁘게 생각하는 바이다.

최만산 시인의 이번 시집은 인생의 깊이와 경륜이 우러난 시들로 가득 차 있다. 각 부별로 초점화된 중심 이미지, 혹은 정서를 선명히 내세우고 있는 점이 눈에 띄며, 세심하게 완성되고 선별된 시편들이 각 부에 일정 편수 이하로 배치되어 있는 것을 볼 수 있다. 이것은 시 쓰기를 대하는 시인의 마음가짐을 반영하는 것으로 생각되는 바 자신이 생각하는 기준 이상의 완성품만을 담겠다는 의지의 표상으로 생각된다. 기법적으로는 몽타주적인 병치와 대조의 수법들이 두드러져 보이는데, 이를 무리 없이 엮고 갈무리하여 완성도 높은 시구와 단상들을 배치, 구성해 나간 적절한 사례들을 보여주고 있다. 그렇다고 마냥 신기롭거나 이질적이기만 한 것이 아니라 단절과 생략, 비약의 적절한 활용을 통해 독자들에게 시의 내용과 표현을 참신하게 받아들이게 하는 한편, 충분히 숙지하고 음미하게 함으로써 그들의 상상력을 자극한다는 점이 특징적이다.

안혜경 시인의 시집은 시인 내면의 주관적인 감성의 흐름들이 잔잔하게 묻어나오는 자연스러운 구성과 형태적 안정감이 최대 강점이다. 정서 면에서 보면 자주 비애와 불안의 그림자를 거느리고 있기도 하나, 보다 근원적으로는 원형적 리리시즘의 세계를 향한 지긋한 향수를 간직하고 있는 것처럼 보인다. 그런 리리시즘의 세계, 그런 향수의 세계를 정서적인 이미지들을 동반한 사유의 깊이로 연결시켜 조화롭게 배치하고 변주한 점이 돋보인다. 다시 말해서 시인의 시는 인생과 존재의 의미에 대해 정해진 한 가지 사유 형태만을 고집하며 강요한다기보다는 읽는 독자들로 하여금 자유로운 상념과 사유의 가능성들을 충분히 자극하며 일깨우는 데 성공한 평범치 않은 사례에 속한다.

덧붙여서 이들 두 시인의 시집이 좋은 평가를 얻은 데에는 각각의 시집이 지닌 특색이 뚜렷한 데다 수록 작품들의 수준이 고르고 균질적이라는 점이 크게 작용했다. 뜻깊은 이번 문학상 수상을 기화로 두 시인 모두 앞날에 한 단계 더 큰 문학적 도약과 성취를 이루시길 기원한다.

심사위원 김규화, 이향아, 양병호, 유성호, 김유중

시문학상 제41회(2022) 수상자 **황상순**

민들레 애인 외 2편

사무실 10층 옥상에선
가끔 얼토당토 않은 일이 벌어지곤 한다
오늘 아침에 본 민들레가 그렇다
어라, 저 째깐한 것이
어떻게 여기 와서 꽃을 피웠누
두껍게 방수공사를 한 바닥 틈새 사이로
배시시 얼굴을 내민 민들레꽃
발붙일 곳이 그렇게 마땅치 않았는가
그의 눈에는 아마도 여기가
동네 뒷산이나 봉긋한 땅덩이로 보인 모양이다
담배를 피우러 오르내리는 인총들이
나비쯤으로 보였는갑다

황상순

월간 《시문학》 등단(1999)
시집 : 『어름치 사랑』, 『사과벌레의 여행』, 『농담』,
『오래된 약속』, 『비둘기 경제학』 등
2002년, 2007년 문예진흥기금 수혜, 2022년 시문학상 수상

그래, 이제 어쩔 것인가
여기서 식솔을 키우고 뼈를 묻을 것인가
마침 볕 좋고 바람도 선들거린다만
곧 여름 오고 겨울이면 시베리아 벌판인데
어쩌랴, 내가
방 얻어 첩을 둘 재력가도 아니고
그냥 자주 들를게

나무들 약속

다시 봄, 은행나무에서
단풍나무에서 산벚나무에서 또 다른 나무들에게서
잊어버리지 않고 솟아나는 나뭇잎들을 보았다
―마치 약속이나 한 듯이
은행나무는 은행잎을 단풍나무는 단풍잎을 산벚나무는
산벚잎을
또 다른 나무들은 또 다른 나무들의 잎들을 무성히 피워
올려
온 산 가득 연둣빛으로 물들이고 있었다
―실례지만 댁은 누구세요, 아들의 흙빛 얼굴을 멀뚱히
쳐다보는
이천 박사장 노모의 치매도 슬프고 무섭지만
한 번쯤은 잊을 만도 한데
아차, 하고 한 번쯤 그냥 지나칠 법도 한데
잊는 것보다 잊지 않는 것이
잊지 않는 것보다 잊혀지지 않는 것이
얼마나 무서운 것인지
얼마만큼이나 더 슬프고 야속한 것인지
그대와 아무 약속도 한 적 없건만

세끼 밥

작은 나라나 큰 나라나
잘 사는 나라나 찢어지게 가난한 나라나
아침 점심 저녁 세끼 밥 먹는 일이
제일로 큰 세상사였다
칸트도 베토벤도 반 고흐도 괴테도 가우디도
검은 베레모의 체게바라도
다들 세끼 밥 먹기 위해 평생 애쓴 사람들이다
비문마다 다 그렇게 씌어 있었다
그래서 나는 까마득한 하늘 위 비행기 안에서
자다가도 벌떡 일어나 앉아
비장한 마음으로
꼬박꼬박 밥을 챙겨 먹었다

제41회 시문학상 심사기

　수상작 선정에 앞서 심사위원들 사이에서 여러 논의들이 오고갔다. 그 가운데 '문덕수문학상'과 '시문학상'은 심산 선생님의 유지를 받들어 만든 상인만큼 수상작 선정 과정에 있어서도 그런 취지를 살리는 것이 좋겠다는 말들이 있었다. 구체적으로 서정성이나 현실성, 그리고 실험성 등 어느 한 면만을 표나게 강조한 시들보다는 이들이 골고루 어우러져 조화와 균형을 갖춘 시들 가운데 우수작을 가려내어 뽑아보자는 제안이 있었다. 지당한 말씀이다.

　올해 수상작은 예심을 거친 후보작들 가운데 하나만을 선정하자는 의견에 심사위원들이 전원 동의했다. 그리하여, 만장일치로 황상순 시인의 시집 『비둘기 경제학』을 수상작으로 선정하게 된 것을 뜻깊게 생각한다. 선정 과정에서도 큰 무리가 없었지만, 이번 수상작에 대한 심사위원들의 평가나 견해 역시 크게 차이가 나지 않았다. 첫 번째로 눈에 들어오는 것은 시적 소재와 대상의 다채로움이다. 아프리카의 원시 부족의 세계관, 천체관에서부터 최근 우리 주변에서 벌어지는 시대 상황에 대한 풍자에 이르기까지 다양한 스펙트럼을 갖추고 있는 점이 눈길을 끌었다. 나아가 이러한 다양한 관심사들, 때로는 상호 이질적이라고 생각되는 것들을 시적 상상력을 통해 무리 없이 조화롭게 엮고 참신한 방식으로 풀어나가는 솜씨가 돋보였다.

　텍스트 내 적절한 지점에 배치된 수사적 단절과 그것이 가져다주는 의미상의 비약, 그리고 그 결과 파생된 상상력의 진폭과 더불어, 이 모든 것들이 어우러져 빚어낸 심리적 파장이 던져주는 잔잔한 여운 등은 시인만의 흥취를 느끼게 해준다. 이외에 중간중간 등장하는 위트 섞인 표현은 이 시집을 읽는 또 다른 재미다. 한마디로 현대 서정시의 기본에 충실한, 다채로운 여러 양상들을 골고루 품은 시들로 이루어진 수준급 시집이라고 평가할 수 있겠다. 이번 수상을 계기로, 시인이 자신만의 시작(詩作)에 더욱 집중하여 뚜렷한 시적 깊이와 탄력성을 확보하기를 삼가 바란다.

심사위원 김규화, 유자효, 신 진, 양병호, 김유중

(재) 심산문학진흥회 정관(2023년 3월 개정)

제1장 총칙

제1조(명칭) 이 법인은 "재단법인 심산문학진흥회"(이하 "법인"이라 한다)라 한다.

제2조(소재지) 법인의 사무소는 서울특별시 마포구 내에 두며, 필요에 따라 지회를 둘 수 있다.

제3조(목적) 법인은 한국 문학 발전을 위한 제반 활동을 지원함을 목적으로 한다.

제4조(사업) 법인은 제3조의 목적을 달성하기 위하여 다음의 사업을 한다.

(1) 문학상 제정 및 운영

(2) 문학 발전을 위한 포럼 등 제반 학술활동

(3) 시낭송, 백일장, 시공연, 시화전 등 제반 예술활동

(4) 상기 활동 및 문학발전과 관련된 각종 간행물 발간

(5) 기타 문학발전이라는 법인설립 목적 달성에 필요한 사업

제2장 임원

제5조(임원의 종류와 정수) 법인은 다음의 임원을 둔다.

(1) 이사장 1인, (2) 부이사장 1인, (3) 이사 10인 이하(이사장 및 부이사장을 포함한다.), (4) 감사 2인 이하

제6조(임원의 선임)

(1) 임원은 이사회에서 선출하고, 그 취임에 관하여 지체 없이 주무관청에게 보고하여야 한다.

(2) 임원의 보선은 결원이 발생한 날로부터 2월 이내에 하여야 한다.

(3) 새로운 임원의 선출은 임기만료 2월 전까지 하여야 한다. 제7조(임원의 해임) 임원이 다음 각호의 1에 해당하는 행위를 한 때에는 이사회의 의결을 거쳐 해임할 수 있다.

(1) 법인의 목적에 위배되는 행위

(2) 임원 간의 분쟁, 회계 부정 또는 현저한 부당행위

(3) 법인의 업무를 방해하는 행위

제8조(임원의 선임 제한)

(1) 임원의 선임에 있어서 이사는 이사 상호 간에 민법 제777조에 규정된 친족관계에 있는 자가 이사 정수의 반을 초과할 수 없다.

(2) 감사는 감사 상호 간 또는 이사와 민법 제777조에 규정된 친족관계가 없어야 한다.

제9조(상임이사)

(1) 법인의 목적사업을 전담하게 하기 위하여 상임이사를 둘 수 있다.

(2) 상임이사는 이사회의 의결을 거쳐 이사장이 이사 중에서 선임한다.

제10조(임원의 임기)

(1) 임원의 임기는 4년으로 하며, 이사회의 재적 과반수가 연

임을 반대하는 결의를 하지 않는 한 자동 연임된다.

(2) 보선에 의하여 취임한 임원의 임기는 전임자의 잔여기간으로 한다.

제11조(임원의 직무)

(1) 이사장은 법인을 대표하고 법인의 업무를 통할하며, 이사회의 의장이 된다.

(2) 이사는 이사회에 출석하여 법인의 업무에 관한 사항을 의결하며 이사회 또는 이사장으로부터 위임받은 사항을 처리한다.

(3) 감사는 다음의 직무를 행한다.

　　가. 법인의 재산 상황을 감사하는 일

　　나. 이사회의 운영과 그 업무에 관한 사항을 감사하는 일

　　다. 제1호 및 제2호의 감사결과 부정 또는 부당한 점이 있음을 발견한 때에는 이사회에 그 시정을 요구하고 주무관청에 보고하는 일

　　라. 제3호의 시정요구 및 보고를 하기 위하여 필요한 때에는 이사회의 소집을 요구하는 일

　　마. 법인의 재산상황과 업무에 관하여 이사회 또는 이사장에게 의견을 진술하는 일

제12조(이사장의 직무대행)

(1) 이사장이 사고가 있을 때에는 부이사장이 그 직무를 대행한다.

(2) 이사장의 직무를 대행하는 부이사장은 지체 없이 이사장 선출의 절차를 밟아야 한다.

제3장 이사회

제13조(이사회의 구성) 이사회는 이사장과 부이사장 및 이사로 구성한다.

제14조(소집)

(1) 이사회는 정기이사회와 임시이사회로 구분하며, 이사장이 이를 소집한다.

(2) 정기이사회는 매 회계연도 개시 1월 전까지 소집하며, 임시이사회는 이사장이 필요하다고 인정할 때에 소집한다.

(3) 이사회의 소집은 이사장이 회의 안건·일시·장소 등을 명기하여 회의 개시 7일 전까지 문서로 각 이사 및 감사에게 통지하여야 한다.

(4) 이사회는 제3항의 통지사항에 한해서만 의결할 수 있다. 다만, 재적이사 2분의 1 이상이 출석하고 출석이사 2분의 1 이상이 찬성할 때에는 통지하지 아니한 사항이라도 이를 부의하고 의결할 수 있다.

제15조(이사회 소집의 특례)

(1) 이사장은 다음 각호의 1에 해당하는 소집 요구가 있을 때에는 그 소집요구일로부터 20일 이내에 이사회를 소집하여야 한다.

　가. 재적이사 과반수가 회의의 목적을 제시하여 소집을 요구한 때

　나. 제11조 제3항 제4호의 규정에 의하여 감사가 소집을 요구한 때

(2) 이사회 소집권자가 궐위되거나 이를 기피함으로써 7일 이상 이사회 소집이 불가능할 때에는 재적이사 과반수의

찬성으로 소집할 수 있다.

제16조(서면결의)

(1) 이사장은 이사회에 부의할 사항 중 경미한 사항 또는 긴급을 요하는 사항에 관하여는 이를 서면으로 의결할 수 있다. 이 경우에 이사장은 그 결과를 차기 이사회에 보고하여야 한다.

(2) 제1항의 서면결의 사항에 대하여 재적이사 과반수가 이사회에 부의할 것을 요구하는 때에는 이사장은 이에 따라야 한다.

제17조(의결정족수)

(1) 이사회는 재적이사 과반수의 출석으로 개의하고 출석이사 과반수의 찬성으로 의결한다. 다만, 가부동수인 경우에는 의장이 결정한다.

(2) 이사회의 의결권은 위임할 수 없다.

(3) 이사회의 의결에 대하여 이사장은 재심을 요구할 수 있다. 이 경우 이사회 재적 3분의 2 이상의 찬성이 있어야 이사회 의결사항이 유효하다.

제18조(이사회의 의결사항) 이사회는 다음의 사항을 심의, 의결한다.

(1) 임원의 선출 및 해임에 관한 사항

(2) 법인의 해산에 관한 사항

(3) 정관의 변경에 관한 사항

(4) 자금의 차입 및 재산의 취득, 처분과 관리에 관한 사항

(5) 예산 및 결산에 관한 사항

(6) 사업계획에 관한 사항

(7) 정관의 규정에 의하여 그 권한에 속하는 사항

⑧ 기타 법인의 운영상 중요하다고 이사장이 부의하는 사항

제19조(이사회의결 제척사유) 임원이 다음 각호의 1에 해당하는 때에는 그 의결에 참여하지 못한다.

⑴ 임원의 선출 및 해임에 있어 자신에 관한 사항을 의결할 때

⑵ 금전 및 재산의 수수 또는 소송 등에 관련되는 사항으로서 자신과 법인의 이해가 상반될 때

제4장 재산과 회계

제20조(재산의 구분) 법인의 재산은 다음과 같이 기본재산과 보통재산으로 구분한다.

⑴ 기본재산은 법인의 목적사업 수행에 관계되는 부동산 또는 동산으로서 설립자가 출연한 재산과 이사회에서 기본재산으로 정한 재산으로 하며, 그 목록은 "별지1"과 같다.

⑵ 보통재산은 기본재산 이외의 재산으로 한다.

제21조(기본재산의 처분) 법인의 기본재산을 처분(매도, 증여, 교환을 포함한다)하고자 할 때에는 제31조의 규정에 의한 정관변경 허가의 절차를 거쳐야 한다.

제22조(수입금) 법인의 유지 및 운영에 필요한 경비는 기본재산의 과실, 사업수입 및 기타의 수입으로 충당한다. 단, 기부금을 모금하는 경우, 연간 기부금 모금액 및 활용실적을 본 재단의 홈페이지를 통해 공개하고, 필요시 관련 기관에 보고한다.

제23조(회계연도) 법인의 회계연도는 정부의 회계연도에 따른다.

제24조(예산편성) 법인의 세입, 세출 예산은 매 회계연도 개시 1월 전까지 편성하여 이사회의 의결을 거쳐 정한다.

제25조(결산) 법인은 매 회계연도 종료 후 2월 이내에 결산서를 작성하여 이사회의 승인을 얻어야 한다.

제26조(회계잉여금) 매 연도의 회계잉여금은 다음 연도에 이월 사용하는 것을 제외하고는 이를 기본재산에 편입하거나 이사회의 의결을 거쳐 법인의 목적사업에 사용한다.

제27조(회계감사) 감사는 회계감사를 연 1회 이상 실시하여야 한다.

제5장 사무 부서

제28조(임원의 보수) 사업의 운영을 전담하는 상임이사를 제외한 임원에 대하여는 보수를 지급하지 아니한다. 다만, 업무수행에 필요한 실비는 지급할 수 있다.

제29조(사무국)

(1) 이사장의 지시를 받아 법인의 사무를 처리하기 위하여 사무국을 둘 수 있다.

(2) 사무국에 사무국장 1인과 필요한 직원을 둘 수 있다.

(3) 사무국장은 이사회의 의결을 거쳐 이사장이 임면한다.

(4) 사무국의 조직 및 운영에 관한 사항은 이사회의 의결을 거쳐 별도로 정한다.

제6장 보칙

제30조(법인해산)

(1) 법인이 해산하고자 할 때에는 이사회에서 재적이사 3분의 2 이상의 찬성으로 의결하여 해산하고, 그 해산에 관하여 주무관청에 신고하여야 한다.

(2) 법인이 해산한 때의 잔여재산은 이사회의 의결을 거쳐 국가, 지방자치단체 또는 유사한 목적을 가진 다른 비영리법인에게 귀속하도록 한다.

제31조(정관변경) 이 정관을 변경하고자 할 때에는 이사회에서 재적이사 3분의 2 이상의 찬성으로 의결하여 주무관청의 허가를 받아야 한다.

제32조(업무보고) 삭제

제33조(규칙제정) 이 정관에 정한 것 외에 법인의 운영에 관하여 필요한 사항은 이사회의 의결을 거쳐 규칙으로 정한다.

월간 『시문학』 종간 및
'문덕수문학상', '시문학상' 알림
― (월간문학 및 PEN문학 광고: 2023년 5월호)

안녕하십니까?

문덕수 김규화 두 분 선생님의 뜻에 따라 2010년에 설립된 (재)심산문학진흥회에서는 한국문단 구성원 여러분께 2023년 2월호 통권619호로 월간 『시문학』이 종간되었음을 알립니다.

공익법인으로 등록된 (재)심산문학진흥회는 문덕수 선생님의 아호 심산을 마음에 새기면서, 한국문학 발전에 기여하고자 하셨던 두 분의 순수한 의지를 받들어, 앞으로도 계속 활동을 이어가고자 합니다. 살아생전 강조하셨던 바와 같이, 공부하는 시인들의 모임인 '한국시문학아카데미'의 금요포럼을 지원하는 일과, 좋은 작품을 발표하신 시인 및 시평론가들께 매년 12월에 '문덕수문학상'과 '시문학상'을 드리는 일을 꾸준히 이어가겠습니다.

월간 『시문학』 종간을 앞두고, 문단의 원로와 시문학 출신 시인들의 다양한 의견을 들었습니다. 그중 적지 않은 분들께서 그 성과를 계속 이어가자고 말씀해 주셨습니다. 고맙습니다. 그렇지만 문덕수 김규화 두 분 선생님께서 누누이 말씀하셨듯이, 빠짐없이 정기간행물을 출간해야 하는 힘겨운 일정을 그 누구에게도 부담으로 남겨서는 안 된다는 유지를 받들어, 지난 50여 년 동안 한 차례의 궐호도 없이 지속해 오신 두 분의 노력과 성과를 이제 단 한 치의 보탬도 흠집도 없이 한국문학의 역사 속에 고스란히 새겨두고자 합니다. 모쪼록 문단 제위 여러분께서는 우리 재단의 충심을 이해해 주시고 소중히 여겨주시길 바랍니다.

참고로, 지금 창신대 문덕수문학관을 확장 리모델링 중에 있으며, 이를 기념하여 금년 제9회 '문덕수문학상'과 제42회 '시문학상' 시상식은 12월 4일 창신대 문덕수문학관에서 열립니다.

감사합니다.

2023년 5월 1일 재단법인 심산문학진흥회

이사장 문준동, 이사 김철교, 이사 손해일,
이사 위상진, 이사 이상옥, 이사 이승복

(재)심산문학진흥회 운영 현황

1. 기획재정부고시 제2022-15호

법인세법 시행령 제39조 제1항 제1호 바목에 따른 공익법인을 다음과 같이 지정하여 고시합니다.

2022년 6월 30일 부총리 겸 기획부장관

* 공익법인 신규지정: (재) 심산문학진흥회 등 306개
* 공익법인으로 인정되는 기간: 2022년 1월 1일 ~ 2024년 12월 31일 (3년간)

2. 이사진 변경: 제2기 이사진 2023년 4월 등기

(1) 등기사항 : 이사장 문준동, 이사 김철교(부이사장), 이사 이상옥, 이사 위상진(상임이사), 이사 손해일, 이사 이승복.
(2) 등기는 불필요한 마포구청 문화예술과 보고사항 : 감사 황상순.

3. 주요 사업: 정관의 제4조 설립목적 참조

⑴ 문덕수문학상 및 시문학상 시상 : 매년 첫 월요일 시상식.

⑵ 한국시문학아카데미 지원

⑶ 매년 수상자 특집 발간. 단, 2023년도에는 창신대학교 문덕수 문학관 확장 리모델링을 기념하여, 제1회부터 2022년까지의 수상자 작품과 문덕수, 김규화 시인 특집으로 사화집 발간.

문덕수문학상 · 시문학상 역대 수상자 작품집

영원한 꽃밭

지 은 이 | 재단법인 심산문학진흥회
책임편집 | 김철교 · 위상진
펴 낸 이 | 오혜정
펴 낸 곳 | 글나무
주   소 | 서울시 은평구 진관2로 12, 912호(메이플카운티2차)
전   화 | 02)2272-6006
등   록 | 1988년 9월 9일(제301-1988-095)

2023년 9월 30일 초판 인쇄 · 발행

ISBN 979-11-87716-87-7 03810

값 15,000원